無敵名

무적명

2

백준 신무협 장편소설

ORIENTAL FANTASYSTORY & ADVENTURE

dream books
드림북스

무적명 2

초판 1쇄 인쇄 / 2011년 4월 20일
초판 1쇄 발행 / 2011년 4월 30일

지은이 / 백준

발행인 / 오영배
편집장 / 허경란
편집 / 신동철, 문보람, 오미정, 윤상현
본문 디자인 / 신경선
펴낸 곳 / (주)삼양출판사 · 드림북스

주소 / 서울특별시 강북구 송천동 322-10호
대표 전화 / 02-980-2112 팩스 / 02-983-0660
편집부 전화 / 02-980-2116 팩스 / 02-983-8201
블로그 / blog.naver.com/dreambookss

등록번호 / 제9-00046호
등록일자 / 1999년 3월 11일

값 8,000원

ISBN 978-89-542-4305-6 (04810) / 978-89-542-4303-2 (세트)

* 지은이와 협의하에 인지는 생략합니다.
* 잘못된 책은 구입한 곳에서 바꾸어 드립니다.

無敵名
무적명
2
백준 신무협 장편소설
ORIENTAL FANTASYSTORY & ADVENTURE
dream books
드림북스

無敵名
무적명

목차

제1장	이름 있는 사람들	007
제2장	책 한 권	043
제3장	원한을 간직한 자	085
제4장	사슴을 쫓는 자는 토끼를 못 본다	121
제5장	산에 없는 것은 바다다	149
제6장	타인의 잘못은 감싸줘라	181
제7장	모르는 게 낫다	209
제8장	지키기가 어렵다	257
제9장	예상치 못한 방문	283

제1장

이름 있는 사람들

無敵名

가을이 되면 겨울이 온다는 사실에 마음이 조급해진다. 장백산의 겨울은 길고 추우며 또한 배고픈 계절이기 때문이다. 그렇기 때문에 가을이 되면 겨울 준비를 위해 수련이란 명목하에 온 산을 헤집고 다니며 채집과 사냥을 하고 장작을 패야 했다. 그러다 보면 어느새 눈이 오고 겨울이 왔다.

겨울이 오면 늘 사형들과 함께 수확한 감자와 옥수수를 숯불에 구워먹던 게 떠오른다. 그때는 그게 그렇게 맛있고 행복했다. 함께 있었기 때문에…….

마차 안에 앉아 있는 양초랑은 먼 산을 응시하는 듯 동공에 초점이 없어 보였다. 그 옆에 앉아 있는 장권호는 그저 팔짱을 낀 채 조용히 눈을 감고 흔들리는 마차에 몸을 맡기고 있었다.

그 맞은편에 홀로 앉아 있는 청년은 장학이라는 이름을 가지고 있는 강호의 후기지수들 중 한 명이었다. 그는 풍운회의 대소사를 주관하는 태영원(太永院)에 소속된 무사였다.

그도 장권호처럼 팔짱을 한 상태로 눈을 감고 있었다. 남자 셋이 아무 말도 없으니 당연히 여행은 지루했고 시간은 더디게 흘러가는 것 같았다. 장학은 빨리 풍운회에 도착해 자신의 본래 자리로 돌아가고 싶은 마음뿐이었다.

무엇보다 양초랑에 대한 실망감이 마음속에 자리 잡고 있었기 때문에 더욱 함께 있는 시간이 어색했다. 다른 강북삼도의 두 명과 달리 양초랑은 옷차림부터 불결했고 말투 또한 격식이 없었다.

명문이라 불리는 무당에서 수련을 쌓아온 그에게 양초랑의 그런 점은 당연히 마음에 안 들었다. 그래도 묵손의 사제라는 사실에 예의를 다하고 있었다.

"사인은?"

양초랑이 갑작스럽게 입을 열어 물었다. 그 질문이 갑작스러웠는지 장학은 처음에 알아듣지 못하였다.

"무슨 뜻이오?"

"사형이 어떻게 죽었는지 물었어."

양초랑의 말에 장학은 자신이 아는 바를 말했다.

"제가 듣기론 독(毒)에 돌아가셨다고 했소."

"독?"

"그렇소."

장학의 대답에 양초랑은 조금 어이없다는 표정을 보였다. 자신이 아는 묵손은 그렇게 허무하게 죽을 위인이 아니었고 독에 당할 사람은 더더욱 아니었다.

"독이라면 당연히 사파 놈이겠군. 누구지?"

양초랑은 복수의 대상에 대해 단정 지으며 말했다. 그 말에 장학이 말했다.

"소문은 들어서 알고 있을 것이오. 장소라는 놈이오."

"장소라……."

양초랑은 장소에 대한 소문을 떠올리며 눈을 반짝였다. 아직 단 한 번도 만난 적은 없으나 그의 소문은 대충 들어서 알고 있었다.

"본 회에서는 귀문과 전면전이라도 해야 한다는 여론이 형성되고 있소이다."

장학의 말에 양초랑은 고개를 끄덕였다. 장소는 귀문에 소속되어 있는 인물이니 당연히 귀문과 연관되어 있을 것이다. 귀문주가 이 일을 모르고 있을 리도 없다. 이는 귀문이 풍운회에 던지는 도전으로 간주해도 될 만한 일이었다.

"이번 일로 강북에 피바람이 불 것이 분명하오."

장학은 다시 말하며 자신도 싸우려는 의지를 보였다. 양초랑은 풍운회의 복수심에 동질감을 느꼈다.

'풍운회에 들어가봐……?'

문득 그런 생각이 들었다. 이렇게 사람에 대한 의리를 가진 곳이라면 들어가서 나쁠 것도 없을 것 같았다.

*　　*　　*

"실패라니……."

방 안에 앉아 있던 중년인은 전서를 구겼다. 그의 앞에는 네 명의 남녀가 서 있었는데 모두 굳은 표정이었고 중년인의 얼굴을 살피고 있었다.

"장소가 실패를 한 모양이야……."

중년인이 입을 열자 그들은 안색을 바꾸었다.

"풍운회에서도 이를 갈고 있을 테고……. 그나마 소득이 있다면 묵손이 죽었다는 것인데……."

"그런 놈 하나 죽었다고 해서 풍운회가 사라지지는 않습니다."

가장 우측의 조금 마른 체격을 한 중년인이 입을 열었다. 그는 상당히 빼어난 외모에 중후한 인상을 한 인물로, 멋들어진 수염이 인상적이었다. 붉은 장포와 금색 피풍의가 잘 어울리는 그는 귀문(鬼門)의 사대신주(四大臣主) 중 한 명인 공손의였다.
“풍운회는 사라지지 않지만 정신적으로 타격을 입었을 것이오.”
공손의의 옆에 서 있던 이십 대 후반의 청년이 입을 열었다. 그는 준수한 외모에 백의를 입은 청년으로, 귀문의 총관 장구조였다.
장구조는 공손의의 시선에도 그를 무시하며 귀문주인 추야장을 향해 말했다.
“그들은 분명 분노할 것입니다. 또한 그 분노가 저희에게 화살이 되어 날아올 것입니다. 그러니 당장 싸워야 합니다.”
“싸움도 좋지.”
장구조의 좌측에 서 있던 청년이 미소를 보였다. 그는 추야장의 대제자이자 철마대(鐵馬隊)의 대주인 후위였다. 건장한 체격에 작고 가늘게 찢어진 눈이 특징이었다.
“우리 철마대는 언제라도 풍운회 놈들과 싸울 준비가 되어 있네.”
그의 말에 장구조가 고개를 저었다.
“그건 본 문 전체가 그렇소이다. 허나 지금은 때가 아니라는 것을 말하고 싶을 뿐이오.”
“그때가 언제라는 소리인가? 궁금하군?”
공손의가 장구조를 향해 묻자 장구조가 안색을 바꾸며 대답했다.

"풍운회가 흔들릴 때…… 그때일 것이오."

"하하하하하! 막연한 대답이로군그래! 하하하!"

어이없다는 듯 호탕하게 크게 웃은 후위는 장구조를 놀리듯 쳐다보았다.

"그런 대답은 나도 할 수 있다. 그래, 그때가 그러니까 언제냐는 말이냐?"

"시간이 흐르면 자연스럽게 올 것이오."

"이런 염병……."

"시끄럽다."

침묵하던 추야장이 낮은 목소리로 입을 열자 후위는 곧 입을 닫고는 고개를 숙였다.

"조선약을 납치했다면 그 시기가 더 빨랐을 터인데……. 상당히 아쉽군그래……."

추야장이 조용히 다시 말하자 장구조가 입을 열었다.

"묵손의 죽음으로 풍운회는 현재 단단한 바위처럼 단합된 상태입니다. 그런 상대와 싸워서 이득 볼 것은 없습니다."

"그렇지."

추야장이 장구조의 말에 호응하자 공손의와 후위의 표정이 변하였다. 그것은 일종의 시기였다.

"그럼 어떻게 그 단단한 바위를 갈라놓을 수 있겠는가?"

"문주님께서는 이미 알고 계실 거라 생각합니다."

"그래?"

"그렇습니다."

"그럼 네 생각을 말해보거라. 내 생각과 같은지 알고 싶으니 말이야."

"예. 먼저 장소를 죽여 그 목을 풍운회에 가져다주고 묵손의 죽음은 장소의 개인적인 원한이었다고 말합니다. 그리고 강호에 본 문이 풍운회에 정식으로 사과했다고 널리 알려야지요. 그렇게 한다면 그들은 우리와 싸울 명분을 잃게 됩니다. 간단하면서도 자존심이 상하는 일이지요."

"그런 새끼들에게 고개를 숙여? 미쳤군."

후위가 낮게 중얼거렸으나 장구조는 그 말을 무시하며 추야장만 쳐다보았다.

"좋은 생각이다."

추야장의 시선에 장구조가 고개를 끄덕이자 추야장은 미소를 보인 후 곧 시선을 가장 좌측에 서 있던 자영영에게 던졌다.

"영영이는 가서 장소를 죽이고 그 목을 풍운회에 가져다줘라."

자영영은 자신에게 떨어진 명령에 조금 놀란 표정을 보였다. 다른 문제가 있는 것이 아니라 풍운회에 가져다주라는 말 때문이다.

"장소를 죽이는 일이야 어렵지 않으나 제가 풍운회에 갈 수는 없습니다. 탈혼귀를 시키지요."

"그렇게 하거라. 그리고 나머지는 장 총관이 알아서 하게."

"알겠습니다."

장구조의 대답에 추야장은 손을 저었다. 곧 네 명은 소리 없이 밖으로 빠져나갔다.

"입만 살아가지고……."

"그냥 두세요. 스승님이 총애하고 있으니 말이에요."

옆에 서 있던 자영영이 말하자 멀어지는 장구조의 뒷모습을 노려보던 후위가 곧 표정을 풀었다.

"그래야지……. 마음에 들지는 않지만 필요한 놈이니 말이야."

후위가 다시 한 번 중얼거렸다. 그러자 자영영이 조금은 실망한 표정으로 말했다.

"그것보다, 풍운회와 신나게 싸울 거라 생각했는데 기운이 빠지네요."

"나도 그래……. 우리 대원들도 이 소식을 들으면 기운이 빠질걸? 후후……. 그래도 너는 나아……. 스승님이 할 일을 주셨으니까 말이야. 나는 여전히 쉬라 하시네."

"풋! 사형이야 한 번 움직이면 그 주변을 초토화시키니까 그러신 것이겠죠? 장소를 사형보고 죽이라고 하면 시신이나 남겠어요?"

"하하하!"
후위가 그 말에 크게 웃으며 걸음을 옮겼다.
"나는 며칠 술이나 마셔야겠다. 너도 일 마무리하면 들르거라."
"알겠어요."
자영영은 먼저 걸어가는 후위와는 반대 방향으로 걸음을 옮겼다. 그녀는 문득 오랜만에 귀문 밖으로 나간다는 생각이 들어 기분이 좋아졌다.

*　*　*

개봉부를 지나 남쪽으로 십 리쯤 이동하면 펼쳐지는 넓은 들판에 고루거각들이 마치 숲처럼 늘어서 있다.
풍운회.
강북무림을 이끌고 있는 그 이름은 강호의 사람이라면 누구나 아는 이름이었다. 강북무림 제일의 방파이자 누구에게든 문이 열려 있지만 아무나 들어갈 수 없는 곳. 신분의 고하를 가리지 않고 능력이 되면 누구나 받아들이나, 사파의 인물은 절대 받지 않았다. 게다가 자체적인 규율이 엄격하여 사파의 인물이라면 들어간다 해도 답답하여 버티지 못할 것이다.

넓은 실내는 오래된 가구들로 채워져 있고 벽에는 산수화가 걸려 있어 안정감을 주었다. 이곳에 들어오면 마음이 저절로 안정을 찾을 것 같은 분위기였다.

창밖으로 보이는 잘 꾸며진 녹색의 정원도 한 폭의 그림처럼 보였다.

방 안에 홀로 서서 주변을 둘러보던 장권호는 운치 있는 객당의 모습에 기분이 좋아졌다. 이런 분위기를 썩 싫어하지 않기 때문이다.

그는 한쪽 벽에 걸린 한 폭의 그림을 유심히 쳐다보고 있었다. 낚시를 하고 있는 노인을 뒤에 있는 두 아이가 해맑은 표정으로 쳐다보는 그림이었다.

"조정련이라는 분이 그리신 것이오."

문득 뒤에서 목소리가 들리자 장권호는 고개를 돌렸다. 그곳에 짧은 수염에 이목구비가 뚜렷한 이십 대 후반의 남자가 서 있었다.

"손자들과 낚시를 나온 노인인데 마음이 참 편해 보인다오. 나도 늙으면 저렇게 여유롭게 살 수 있지 않을까, 이런 마음에 걸어둔 것이오."

장권호는 그 말에 미소를 보였다.

"인사가 늦었소. 풍운회의 자청운이라 하오."

"장권호라 하오."

인사를 나누자 자청운은 자리를 권했다. 장권호는 창밖의 풍경이 훤히 내다보이는 자리에 앉았다.

또르륵!

자청운이 장권호의 앞에 차를 따라 준 후 자신의 찻잔에 차를 따랐다. 차를 다 따른 그는 주전자를 내려놓고 가만히 장권호를 쳐다보았다.

전체적으로 단단해 보이는 청년이었고, 부서지지 않을 듯 강철 같은 눈매가 마음에 들었다.

'장백파는 본디 중(重)을 중심으로 한 무공을 배운다고 들었는데 그건 거짓이로군……. 이건 강(强)이로군.'

짧은 생각을 한 자청운은 곧 미소를 보였다.

"객당이 마음에 드시오?"

"물론이오."

장권호는 짧게 대답하며 고개를 선선히 끄덕였다.

"객실 또한 마음에 들 것이오. 양 소협이 오면 그곳으로 안내할 테니 이곳에 있는 동안 편한 마음으로 지내시기 바라오."

"지나가는 한낱 객(客)에게 너무 잘해주는 것 같소."

자청운은 장권호의 말에 미소를 보였다.

"아무에게나 이렇게 잘해주는 게 아니오. 장백파에서 오셨기 때문에 특별히 잘해주는 것이오."

자청운의 말에 장권호의 눈빛이 잠시 반짝였다. 하지만 자청운도 느끼지 못할 만큼 찰나의 변화였고, 눈빛만이 그러했을 뿐 표정에는 전혀 변화가 없었다.

장권호는 문득 묻고 싶은 게 많아졌다. 풍운회의 정보력에 흥미가 생긴 것이다. 하지만 입을 열지 않았다. 중원 사람들은 무언가를 얻으려는 이에게 더 큰 대가를 바라기 때문이다. 세상에 공짜란 없는 법이다.

자신이 장백파의 사람이라는 것을 알고 있다면 이들도 분명 자신이 필요할 때 무언가를 들고 올 것이다.

도움을 원하는 자와 도움을 줄 수 있는 자의 차이는 명확하다. 장권호는 후자가 되고 싶었다. 물론 그렇게 되기 위해선 이들에 대해 알 시간이 필요했다.

'시간은 많아…….'

장권호는 가만히 생각하며 말했다.

"양 형은 언제 오는 것이오?"

"기분이 풀릴 때까지 조사당에 있다 오지 않겠소?"

자청운의 말에 장권호는 고개를 끄덕이며 자리에서 일어섰다.

"좀 쉬고 싶소."

"안내하겠소."

자청운은 장권호가 객실을 원하자 양초랑이 오직 않았음에도 사람을 불러 그를 안내하게 하였다.

"흠……."

장권호가 밖으로 사라지는 모습을 유심히 지켜보던 자청

운은 살짝 미간을 찌푸렸다. 자신의 의도와는 달리 장권호는 그냥 나갔기 때문이다.

"재미있는 인물이군."

자청운은 장백파라는 말을 입에 담고 흥미를 유도하려 했다. 그러면 자연스럽게 장권호를 풍운회에 묶어둘 수 있을 것이기 때문이었다.

풍운회가 장백파에 관해 어느 정도 알고 있는지, 그 원흉에 대해 알고 있는지를 물었다면 자청운은 장권호를 영입하려 했을 것이다. 이미 장권호에 대해 어느 정도 파악을 한 뒤였기 때문이다.

장권호가 마음에 드는 것은 그가 장백파의 인물이라서가 아니었다. 그의 무공에 흥미가 있기 때문이었다. 멸문당한 문파의 뛰어난 무공에 흥미가 없다면 그건 거짓말이리라. 모름지기 주인 없는 무공은 먼저 차지한 사람의 것이니.

안내를 받아 방에 들어오자 덩그러니 놓여 있는 탁자가 눈에 띄었다. 한쪽에 마련된 침상도 보였지만 창문 틈으로 들어오는 노란 햇살이 탁자를 환하게 비추고 있었다.

의자를 꺼내 앉은 후 한쪽에 놓인 찻잔에 차를 따랐다.

또르륵!

맑은 소리를 내며 잔에 담긴 차를 마시자 기분이 가라앉았다.

'조금 흥분했었나…….'

문득 그런 생각이 들었다. 자청운의 목소리에 자신도 모르게 흥분한 듯했다. 자신은 아무것도 모르는데 처음 보는 상대가 자신에 대해 알고 있으니 기분이 좋지 않았다.

"흐음……."

짧은 숨을 내쉰 후 장권호는 천천히 눈을 감았다.

저녁이 되어서야 장권호는 눈을 살며시 떴다. 들려오는 발소리 때문이었다. 단 한 명의 발소리였다. 그것도 꽤나 익숙한 소리였다.

방문이 열리고 조금 무거운 표정으로 양초랑이 들어왔다. 그는 방 안에 앉아 있는 장권호를 확인하곤 곧 그 앞으로 다가와 앉았다.

"내일 화장을 한다는군."

그의 목소리는 조금 가라앉아 있었고 얼굴은 마치 소태를 씹은 듯한 표정을 하고 있었다. 장권호는 그게 복수심이란 것을 알았다. 자신도 그랬기 때문이다.

"내일 화장을 끝내면 모레…… 풍운회에서 대대적으로 귀문으로 쳐들어간다 하더군. 같이 가자는 말에 흔쾌히 승낙했지."

양초랑의 말에 장권호는 미미하게 고개를 끄덕였다. 당연히 그래야 했기 때문이다. 흉수를 아는데 거절할 이유가 있을 리 없다.

"자네는 어떻게 할 건가?"

"글쎄……. 소림에나 가볼까?"

소림이라는 말에 양초랑은 살짝 미간을 찌푸렸다.

"소림이라……."

"문제 있나?"

"아니, 무슨 문제가 있겠나……. 단지 출가한 사람들이라 쉽지는 않을 것이네. 소림의 무공이 분명 뛰어나긴 하지만 도무지 외부로 나오지를 않네. 머리를 깎고 속세와의 인연을 끊은 사람들과 어울릴 수가 있겠나?"

양초랑의 말에 장권호는 아무 말도 안 했다. 자신은 잘 모르는 이야기였기 때문이다. 스님들과 싸워야 한다는 것 자체도 사실 마음에 들지는 않았다. 하지만 중원에서 소림을 빼고 무공을 논할 수는 없었다.

"걱정이군."

양초랑이 솔직하게 한마디 하자 장권호는 오히려 양초랑이 걱정된다는 듯 말했다.

"그것보다 네 문제가 더 크지 않을까? 귀문이 상대라면 쉽지는 않을 텐데 말이야."

"죽기밖에 더 하겠어? 후후."

양초랑은 마치 별거 아니라는 듯 말했다. 하지만 그의 눈빛은 차갑게 번들거리고 있었다.

"사형의 표정은?"

"훗!"

양초랑은 쓰게 웃음을 보이다 이내 굳은 표정으로 잠시 침묵했다. 죽은 묵손의 얼굴을 다시 한 번 떠올렸다. 보랏빛 피부에 눈에 띄게 수척해진 얼굴이었다. 스승이 죽었을 때와는 좀 다른 기분이 들었었다.

"그 자식이 혼자 영웅 심리에 지랄 발광을 하다 죽었다면 이렇게 슬프지는 않았을 거야……. 그런데 그게 아니라 슬프더군. 내 기억 속에 자리 잡고 있는 한 사람이 죽었다는 게 이렇게 슬플 줄은 또 몰랐어."

양초랑은 먼 산을 보듯 창밖을 쳐다보며 낮은 목소리로 중얼거리다 품에서 은색의 둥근 패를 꺼내놓았다.

"사형은 여기 풍운회의 호법으로 있었지."

"그랬군."

장권호는 짧게 대답하고 차를 마셨다. 곧 양초랑은 다시 한 번 품에서 무언가를 꺼내 놓았다. 하나는 묵손이 쓰던 철선(撤扇)이었다. 또 하나는 그가 완성한 무공서였다. 묵손의 무공서라면 누구나 탐을 낼 만한 비급이었다. 강북에서 손에 꼽히는 고수가 아니던가? 그런데 묵손은 자신의 무공서와 동문병기를 모두 사제인 양초랑에게 넘겨주었다.

"사람은 죽으면 아무것도 남기는 게 없다고 하던데…… 그놈은 내게 이걸 남겼더군……. 그래도 사형제는 나밖에 없었으니까."

양초랑은 짧은 숨을 내쉬었다. 곧 그는 장권호를 향해 말했다.

"너와의 약속은 지키지 못할 것 같아."

"왜 그렇지?"

장권호의 물음에 양초랑은 은패를 들어 보이며 말했다.

"풍운회의 호법이 되기로 했거든."

"……?"

"사형이 하던 일을 내가 하려고 말이야……. 풍운회주의 여동생이 있는데 무공을 거의 모른다고 하더군……. 삼류 수준이야. 그 여자를 지키려다 죽었다는데…… 그냥 모르는 척 넘어갈 수가 없었어. 이름이…… 조선약이었을 거야. 그 여자…… 처음에는 죽이고 싶었는데 무공 수준이 삼류라 하니 할 말이 없더군. 후후……."

"재미있군."

장권호는 고개를 끄덕였다. 양초랑이 풍운회를 선택했다면 더 이상 말할 이유가 없었다. 무엇보다 그에겐 풍운회에 들어갈 명분이 있었다.

"이곳에 있다 보면 복수도 할 수 있겠지."

양초랑은 낮은 목소리로 중얼거렸다. 그 말에 장권호는 팔짱을 끼며 말했다.

"글쎄……. 복수를 할 수 있을지……. 내가 귀문주의 입장이라면 어떻게든 피하려 할 텐데 말이야……. 아무런 유혈사태 없이…… 지금 그대로 지내도록 말이야. 어쩌면 네 사형을 죽인 흉수에게 모든 책임을 뒤집어씌울지도 모르겠군. 지금 상황에서는 그게 졸(卒)을 주고 포(包)를 잡는 묘수니까."

장권호의 말에 양초랑의 안색이 변하였다.

풍운회의 대회당에 모인 수십 인의 사람들은 모두 한목소리를 내고 있었다. 그들은 귀문과의 전쟁을 말했고 이미 출발 준비까지 마친 상태였다.

사람들은 전의를 불태우고 있었다. 그들의 강맹한 기운이 금방이라도 폭발할 것처럼 타오르고 있었다.

태사의에 앉아 있는 삼십 대 초반의 청년은 짧은 수염을 기르고 있었으며 강렬한 신광을 내면에 갈무리한 인물이었다.

그의 머리 뒤로는 커다란 호랑이 한 마리가 마치 포효하듯 입을 벌리고 있는 모습이 그려져 있었으며, 그 입에 날렵하게 생긴 검 하나가 걸려 있었다.

그 모습이 앉아 있는 청년과 너무도 잘 어울려 보였다. 마치 앉아 있는 호랑이 같은 기세를 풍기는 그는 풍운회의 회주인 조천천이었다. 불과 서른 살에 풍운회주가 된 그는 강북제일의 무인이자 가장 큰 영향력을 행사하는 실력가였다.

그의 옆에는 풍운회의 이인자이자 모든 대소사를 주관하는 자청운이 서 있었다. 그는 회당을 둘러보다 곧 손을 들었다.

"그만."
웅성거리던 소리가 그 낮은 목소리에 삽시간에 침묵으로 바뀌었고 수많은 눈들이 그에게 향했다. 자청운은 천천히 입을 열었다.
"풍운회의 이름으로 귀문을 치는 것으로 합의를 보겠소. 내일 날이 밝는 즉시 강북의 전 문파에 공문을 보내고 협조를 요청하시오. 또한 귀문과 관련된 모든 사파들을 척결하는 일도 시작할 것이오."
그의 목소리에 좌중의 눈빛이 강렬하게 바뀌기 시작했다. 묵손의 죽음은 그만큼 그들에게 충격이었으며 귀문의 도발을 절대 간과해서는 안 된다고 합의한 것이다.
그냥 넘어간다면 귀문이 풍운회를 더욱 우습게 여길 것이며 지금보다 더욱 강도 높은 도발을 할 것이 분명했다.
물론 이번처럼 대대적인 귀문과의 분쟁을 반대하는 인물들도 있었으나 극소수에 불과했다. 강호에 발을 들여놓은 이상 받은 만큼 갚아줘야 내일을 볼 수 있다는 생리를 잘 알기 때문이다.
"귀문에서 사람이 왔습니다."
그들의 강렬한 신광이 회당을 가득 메울 때, 문밖에서 큰 목소리가 들리더니 곧 많은 무사들에게 포위된 채 걸어오는 한 사람이 있었다.
그는 조금 작은 키에 짧은 수염을 기르고 남포를 두른 인물로, 창백한 안색이 특징이었다.

"이놈! 탈혼귀(奪魂鬼)!"

그를 알아본 사람들이 일제히 살기를 보였다. 하지만 탈혼귀는 그들의 그러한 시선에 아랑곳없이 손에 든 상자를 들고 조천천의 앞으로 걸어와 내밀었다.

"이번 사태의 심각성을 깨닫고 계신 문주님께서 보낸 것입니다."

탈혼귀의 말에 자청운은 시선을 옆에 서 있던 정관홍에게 던졌다. 정관홍은 곧 고개를 끄덕이고는 탈혼귀의 손에서 상자를 받아 들었다. 그러자 탈혼귀가 허리를 숙이며 품에서 서찰을 하나 꺼냈다.

"문주님께서 회주님께 보내는 사과문입니다."

"허!"

그의 말에 수많은 사람들이 일제히 웅성거리기 시작했다.

"사과? 재미있군."

조천천은 그 말에 눈을 반짝이며 미소를 보였다. 그러자 정관홍이 황당해하는 얼굴로 급히 상자를 열었다. 순간 정관홍의 안색이 굳어졌다. 상자에 든 물건 때문이다.

"장소의 머리입니다."

정관홍이 말을 하며 상자를 조천천에게 보였다. 조천천은 장소의 머리를 눈으로 확인하고 고개를 끄덕였다. 그러자 다시 한 번 장내가 술렁이기 시작했다.

"이번 일은 저희 귀문과는 아무런 연관이 없으며, 문주님께서는 묵손의 죽음을 애도하셨습니다. 장소는 묵손과의 오랜 원한을 끊기 위해 독단적으로 움직인 것입니다. 용서하십시오. 그 대가로 장소의 머리를 가져왔습니다. 부디 이 일로 인해 본 문과 풍운회가 피를 흘리는 일이 없었으면 좋겠습니다."

그의 말이 끝나는 순간 우측에서 큰 목소리가 터져 나왔다.

"헛소리 집어치워라! 장소의 머리 하나로 모든 일이 해결될 것 같으냐! 본 회의 무사 한 명이 죽으면 귀문의 무사 열 명이 죽어야 한다. 감히…… 묵 호법님과 하류잡배인 장소의 머리를 비교하려 들다니……."

뿌득!

이빨까지 가는 중년인은 풍운회 칠영대(七永隊)의 총대주인 왕대욱이었다. 그는 묵손과 대단히 친한 인물로, 비슷한 연배인 그의 죽음을 가장 슬퍼하는 인물 중 한 명이었다.

"호오…… 왕 형이 아니오? 그래서, 내 목이라도 달라는 것이오?"

"여기에 온 것이 목을 주려 온 것이 아니더냐!"

왕대욱이 금방이라도 도를 뽑으려 들자 탈혼귀는 피식거리며 무시하고 시선을 돌려 조천천을 쳐다보았다.

"어떻게 하겠소? 내 목을 자르겠소?"

조천천을 향해 묻는 그의 말에 조천천은 서찰을 읽다 시선을 슬쩍 들었다. 그러다 다시 시선을 내려 서찰을 바라보며 말했다.

"아직 편지를 다 안 읽었어. 기다려."

"음……."

그의 낮은 목소리에 탈혼귀는 서늘함을 느껴야 했다. 이런 기분을 느끼게 해주는 인물은 그의 경험상 몇 없었다.

'역시…….'

탈혼귀는 풍운회주를 이렇게 직접 보는 것이 처음이었다. 평소 그에 대해 관심이 많았기에 이번 기회에 유심히 관찰했다. 하지만 그가 쉬운 인물이 아니라는 것을 단 한 번의 눈빛으로 알 수 있었다.

'살수로는 죽일 수 없는 인물이군…….'

간단하게 답을 내린 탈혼귀는 이제 이곳에서 어떻게 빠져나가야 될지를 고민하기 시작했다. 처음 이 일을 자신이 맡았을 때 머릿속으로 생각해둔 것이 있었기 때문에 목숨을 걸고 이곳에 온 것이다.

"한 방 얻어맞은 기분이군."

서찰을 다 읽은 조천천은 미소를 보이며 옆에 서 있는 자청운에게 서찰을 건네주었다. 자청운이 곧 읽기 시작했다.

"목숨 걸고 온 손님에게 목을 달라고 할 수는 없지. 거기다 귀문주도 서찰에 자네의 목숨을 살려달라는 글을 남겼더군……. 후후……. 약속하지. 회를 벗어날 때까지 절대 자네를 죽이는 일은 없을 거야……. 허나…… 내가 책임지는 곳은 본 회의 정문까지네. 정문 밖에서 일어나는 일에 대해서는 나도 모르네."

조천천이 손을 젓자 탈혼귀는 재빠르게 허리를 숙였다.

"감사하오."

쉬릭!

그의 그림자가 한순간에 사라지자 조천천은 눈을 반짝였다. 그러자 회당에 모인 사람들 중 몇 사람이 그를 쫓아 역시 한순간에 사라졌다.

"설마…… 공식적으로 사과를 할 줄은 몰랐습니다."

자청운도 귀문주가 이렇게 자존심을 버리고 먼저 머리를 숙여올 줄은 몰랐다는 듯 말했다. 그러자 조천천은 고개를 끄덕이며 말했다.

"이렇게 공식적으로 사과까지 했는데도 공격한다면 그 꼴이 우스워지겠군그래……. 후후."

조천천은 가만히 미소를 그리며 말했다. 그 속을 알 수 없는 표정이었다. 하지만 자청운은 그가 속으로 얼마나 인내하며 화를 참고 있는지 알 것 같았다. 자청운도 조용히 말했다.

"아마…… 사람들이 떠들겠지요……. 특히나 강남 놈들이 시끄러울 것입니다."

"그렇겠지……."

조천천은 고개를 끄덕이며 자리에서 일어섰다.

"잠시 생각 좀 해야겠어."

낮은 목소리로 말한 조천천은 곧 대회당을 나가 자신의 방으로 향했다. 그가 나가자 덩그러니 놓인 장소의 머리를 두고 풍운회의 간부들이 대화를 나누기 시작했다. 자청운은 그런 그들의 모습을 바라보며 짧게 한숨을 내쉬었다.

'역시 만만한 놈이 아니야…….'

자청운은 귀문주가 아니라 그의 심복인 장구조란 자를 떠올리며 고개를 저었다.

"뭐라고?"

방으로 찾아온 풍운회의 무사가 어떤 소식을 전했는지 양초랑은 상당히 화난 표정이었다. 그는 뒤도 안 돌아보고 밖으로 나갔다. 그가 나가자 장권호는 호기심이 일어났으나 짐짓 크게 신경 쓰지 않는다는 듯 창밖만 쳐다보았다.

그런 그의 눈에 화난 표정으로 뛰어가는 양초랑이 보였고 좀 전에 찾아온 무사가 그 뒤를 좇아 뛰는 모습이 보였다.

"여긴 손님이 없는 모양이야……."

장권호는 거대한 객당에 자신만 있다고 생각하니 조금 의외라는 듯 중얼거렸다. 자신이 머물고 있는 지객당은 삼 층의 커다란 전각이었기 때문이다. 수많은 방이 있는 이곳에 오직 자신과 양초랑만이 머물고 있었다.

'백옥궁도 이곳에 있다 하였지…….'

장권호는 백옥궁의 가내하를 떠올리며 문득 찾아가 인사

라도 하는 게 옳을지 고민했다. 하지만 이곳에 가내하뿐만 아니라 첫째와 셋째가 함께 있다는 것을 떠올리곤 고개를 저었다. 지금 찾아가 얼굴을 보인다면 분명 돌아가라는 말을 들을 게 분명했다.

'그 여자도 풍운회에 있다고 했었지? 후후…….'

장권호는 이석옥을 떠올렸다. 그녀 역시 개봉에 오면 풍운회에 들르라는 말을 전해주었다. 자신에게 은혜를 입었기 때문에 도움을 주겠다고 한 여자였다. 하지만 찾아갈 생각은 없었다.

아무리 은혜를 운운해도 찾아간다는 건 결국 신세를 지겠다는 것이고, 장권호는 남에게 신세를 지고 싶지 않았다.

해가 떨어지자 시원한 바람이 창을 타고 흘러들어왔다. 조금은 계절의 변화를 느낄 수 있는 바람이었다.

'이곳은 이제야 겨울이 오려는가…….'

문득 지금쯤 흰 눈이 쌓여 있을 장백산이 떠올랐다. 긴 겨울을 보내야 하는 장백산에 비해 이곳 개봉은 너무 따뜻한 지역이었다.

왜 사람들이 중원을 좋아하는지 문득 알 것 같다는 생각이 들었다. 추운 것보다 따뜻한 게 살기에는 편하고 좋기 때문이다.

장권호는 어두워지는 하늘을 쳐다보며 장백산을 떠올리고

있었다. 그렇게 시간이 한 시진 정도 흘러 완전한 어둠이 주변을 가득 채울 때, 걸어오는 양초랑의 모습이 창밖으로 보였다.

문을 열고 들어온 양초랑은 상당히 심각한 표정으로 의자에 앉았다. 기분이 좋지 않아 보였다.

"문제 있나?"

장권호의 물음에 양초랑은 고개를 끄덕였다.

"심각한 문제가 있지."

"궁금하군."

장권호가 다시 말하자 양초랑은 짧게 숨을 내쉬며 천천히 말했다.

"네 말이 맞아. 귀문에서 발 빠르게 움직였어. 장소의 목을 보냈다더군. 또한 공식적으로 사과까지 한 모양이야. 강호에는 이미 소문이 퍼졌겠지. 이번 일로 귀문이 고개를 숙였다고 말이야. 자존심을 버려가면서까지 풍운회에 사과를 했는데 풍운회가 귀문을 공격한다면 강호의 사람들이 분명 풍운회를 깎아내릴 게 분명해……. 그 일로 시끄러운 모양이야. 공격을 해야 할지 말아야 할지 말이야. 내가 볼 땐…… 결국 안 하겠지……. 적당한 선에서 타협할 가능성이 높아. 빌어먹게도 말이지."

양초랑의 말에 장권호는 미미하게 고개를 끄덕였다. 풍운회도 결국은 하나의 단체에 지나지 않음을 생각할 때 충분히 있을 수 있는 일이었다. 복수나 원한은 어차피 사람의 감정이지 단체의 감정이 아니기 때문이다. 대를 위해 한 사람의 목숨쯤 쉽게 희생시킬 수 있는 곳이 풍운회란 사실을 알게 되었다.

"그런데…… 귀문주가 이 일을 주모하지 않았다는 것이 과연…… 사실일까?"

양초랑의 물음에 장권호는 잘 모르겠다는 표정으로 대답했다.

"글쎄……. 내가 귀문주가 아니라서……."

"귀문주가 시켰어…… 분명……. 그 당시 귀문의 쓰레기들이 조 소저를 납치하기 위해 나타났다고 하니까. 그 정도의 인원이 귀문주의 명령도 없이 움직일까?"

양초랑은 스스로에게 물으며 스스로에게 답을 구하는 듯했다. 장권호는 그저 고개만 끄덕였다. 양초랑은 곧 표정을 바꾸더니 침상에 누웠다.

"먼저 잘 테니 아침에 보자고."

양초랑은 그렇게 말하더니 곧 잠을 청했다. 장권호는 그런 양초랑을 한 번 바라보다 반대편에 있는 침상에 누웠다.

*　　*　　*

새벽의 차가운 공기가 사방에 안개를 뿌리기 시작했다. 안개 사이를 걷던 양초랑은 눈앞에 나타난 지하실로 들어갔다.

호롱불 하나만이 밝히고 있는 지하 석실에는 서늘한 기운이 파도처럼 흔들리고 있었다.

양초랑은 석실의 중앙에 놓인 묵빛 관 앞에 다가가 멈춰 섰다. 그의 눈빛은 차가웠고 살기를 보이고 있었다.

닫힌 관을 가만히 응시하던 그는 곧 관 뚜껑을 열고 안에 누워 있는 묵손의 시신을 바라보았다. 보랏빛으로 물든 그의 피부는 독에 중독된 것임을 한눈에 알 수 있었다.

"잘 자고 있는 것 같아 다행이야……."

양초랑의 공허한 목소리가 석실 안에 울렸다. 양초랑은 잠시 침묵하다 곧 다시 입을 열었다.

"언제 이렇게 마음 편히 잔 적이나 있었겠어?"

가만히 중얼거린 양초랑은 살짝 미간을 찌푸리더니 다시 말했다.

"솔직히 사형을 싫어하지는 않았어. 스승님의 제자로 지내는 동안 나타나지 않아 원망했을 뿐이야. 그렇게 싸우고 나가 혼자 잘 살 거라 생각했는데 풍운회에 들어가 호법이나 하고 앉아 있다는 소식에 화가 났지. 그렇게 나갔으면 장가나 가지 그랬어? 그랬다면 이렇게 편히 쉴 수도 없었을 텐데……. 잘 자고…… 그만 가볼게……."

양초랑은 조금은 편해진 표정으로 잠시 묵손의 얼굴을 보다 신형을 돌렸다. 막 한 걸음 움직이던 그는 이대로 헤어지는 것이 아쉬운 듯 발을 멈추었다.

"참…… 이건 말 안 하려고 한 건데……. 사형이 몰래 감춰둔 돈…… 내가 슬쩍했어……. 술이 먹고 싶었거든……. 후후……."

양초랑은 할 말을 다 한 듯 후련한 표정으로 걸음을 옮겼다. 몇 걸음 옮기던 중 안으로 들어오는 백의녀와 눈이 마주쳤다. 양초랑의 표정이 굳어졌고, 설마 이런 시간에 사람이 있을 줄은 몰랐다는 듯 백의녀 역시 깜짝 놀랐다.

"누구시죠?"

백의녀의 눈부신 미모에 잠시 정신을 못 차리던 양초랑은 곧 그녀의 시선을 피하며 말했다.

"양초랑이라 하오. 그러는 소저는 누구시오?"

양초랑의 물음에 백의녀는 알았다는 듯 고개를 끄덕였다. 그리곤 다소곳이 인사했다.

"저는…… 조선약이라 해요."

양초랑은 말로만 듣던 조선약을 직접 보자 상당히 놀랐다. 하지만 곧이어 그녀 때문에 묵손이 죽었다는 사실에 화가 났다.

"당신이었군……."

조선약은 그 말에 침묵했다. 양초랑은 잠시 조선약을 쳐다보았다. 조선약은 곧 그의 시선을 피해 묵손에게 다가갔다. 진작 와야 했지만 지금까지는 사람들의 눈이 많아 이곳에 오지 못하였다.

조선약은 요 며칠 묵손이 자신 때문에 죽었다는 죄책감에 잠을 이루지 못하였다. 그러다 오늘 낮에 화장한다는 소식을 듣고는 새벽을 틈타 묵손의 얼굴을 보기 위해 온 것이다.

"저 때문에 돌아가셨어요."

낮은 그녀의 목소리였다. 양초랑은 신형을 돌려 조선약의 뒷모습을 바라보았다.

"알고 있소. 그리고 내가 모셔야 할 사람이 소저라는 것도 말이오."

"……?"

그의 말에 조선약이 놀란 표정으로 고개를 돌리자 양초랑은 품에서 은패를 꺼내 보였다. 묵손이 지니던 은패인데, 풍운회의 호법을 의미했다. 그 은패를 보자 조선약은 더욱 크게 놀랐다.

"물론…… 이건 내가 다시 돌아온 후에 쓸 물건이지만……."

휙!

양초랑이 은패를 던지자 조선약이 본능적으로 손을 들어 그것을 잡았다.

탁!

"……!"

조선약은 은패에 실려 있던 강맹한 기운이 손을 타고 들어오자 자신도 모르게 눈동자가 굳어졌다. 그 모습에 양초랑은 눈을 빛냈다.

"무공을 모른다더니……."

"약간의 호신무공은 배웠어요."

양초랑의 말에 조선약은 조금 난처한 표정으로 대답했다. 좀 전에 양초랑은 은패에 진기를 담아 던졌는데, 조선약이 그것을 아무렇지도 않게 잡았기 때문이다. 일반인은 절대로 받아낼 수 없는 힘이 실린 은패를 그렇게 잡은 것은 무공이 없다면 절대로 불가능한 일이었다.

"가보겠소. 다음에 내가 돌아오면 그때 주시구려."

양초랑은 그렇게 말한 후 곧 빠른 걸음으로 나갔다. 그가 나가자 조선약은 은패를 만지며 아미를 찌푸렸다. 어디에 가기에 은패까지 맡겨놓고 가는 건지 이해가 되지 않았기 때문이다. 그러다 문득 그녀의 눈동자가 흔들렸다.

"설마……."

조선약은 은패를 자신에게 굳이 맡긴 것이 돌아오지 못할 곳에 가기 때문은 아닌가 하고 추측해보았다.

'그럴 리는 없겠지……. 혼자서…….'

조선약은 양초랑이 혼자서 귀문에 갈 정도로 어리석은 사람은 아니라고 생각했다. 아니, 그런 어리석은 행동을 할 사람은 강호에 없다고 생각했다. 그렇지만 가슴 한쪽이 뛰는 것은 왜일까? 조선약은 입술을 깨물었다.

안개 사이로 걸음을 옮기던 양초랑은 조금 전 그녀의 등장에 매우 놀랐다. 자신의 등 뒤 일 장 가까이까지 다가왔는데도 걸음 소리를 듣지 못하였기 때문이다. 이는 그녀가 소리 없이 움직일 수 있을 정도의 내력을 가지고 있다는 증거였다.

또한 자신의 오성의 내력이 담긴 은패를 그녀는 쉽게 받아냈다. 적어도 자신과 동수를 이룰 실력을 지닌 게 분명했다. 그런데도 그녀의 실력은 세상에 알려지기는커녕 호법이 된 자신에게마저도 알리지 않았다. 그 점 또한 대단하게 느껴졌다.

'사람들은 그녀가 무공을 잘 모른다고 생각하지……. 그게 오히려 무기가 될지도 모르겠어…….'

그녀가 스스로 몸을 보호할 수 있는 최선의 무기가 있다면 그건 무공을 잘 모른다고 알려져 있다는 점일 것이라고 생각했다. 하지만 굳이 그렇게 숨길 필요가 있을까? 양초랑은 문득 그런 의문이 들었다. 하지만 그 의문에 대한 답을 들을 수 있을지는 확신할 수 없었다.

'돌아올 수나 있을지…….'

풍운회의 정문이 아닌 담을 넘어 나온 양초랑은 신형을 돌려 안개에 젖은 풍운회의 담을 바라보았다. 그러다 곧 신형을 돌려 수풀 사이로 걸음을 옮겼다. 그런 그의 눈에 안개 사이로 검은 그림자 하나가 보였다.

양초랑은 천천히 걸음을 옮기다 나무에 기대어 서 있는 장권호를 발견하고 안색을 바꿨다.

"어디 가나?"

장권호가 팔짱을 풀며 묻자 양초랑은 당연하다는 듯 말했다.

"장안에 가려고."

장권호는 그 말에 고개를 끄덕이며 먼저 걸음을 옮겼다. 그 뒤로 양초랑이 바짝 따라붙었다.

"어디 가는데?"

"장안."

"설마, 나하고 함께 가겠다고?"

양초랑이 조금 어이없다는 듯 바라보자 걸음을 멈춘 장권호는 양초랑을 향해 말했다.

"내가 자네 복수를 도와주기 위해 가는 것처럼 보였나? 나는 단지…… 귀문의 무공이 어떤지…… 궁금할 뿐이야."

장권호는 곧 다시 걸음을 옮겼다. 그 모습을 잠시 쳐다보던 양초랑은 짧게 숨을 내쉰 후 따라 걸었다. 그래도 혼자 가는 것보다는 둘이 가는 게 심심하지는 않을 것 같았다.

제2장

책 한 권

어깨 위로 무거운 짐이 눌러올 때 보통 사람들은 힘들어 한다. 그러나 땀을 비 오듯 흘리면서도 그 사람은 힘들지 않다고 말했다. 나로 인해 가족이 웃을 수 있어서 오히려 기쁘다고 말했다. 이해가 안 가는 사람이다. 그런데…… 그게 가족이란다. 가족은 힘든 것도 기쁘게 만들어주는 신기한 것이라고…….

푸른 하늘과 그 아래에 펼쳐진 녹색 숲은 수많은 소리들을 만들고 있었다. 산새가 지저귀는 소리, 폭포가 거세게 떨어지는 소리, 냇물이 흐르며 계곡을 울리는 소리와 쉴 새 없이 부는 바람 소리……. 그 소리들이 어우러져 나무가 되고 숲이 되고 산이 되었다.

휙! 휙!

자연의 소리로 가득한 산속에서 조금 이질적인 소리가 들렸다. 사람이 내는 것이 분명한 그 소리는 소나무 숲에 둘러싸인 작은 공터에서 일어나고 있었다.

공터의 중앙에는 이제 열 살 정도로 보이는 소년 한 명이 목검을 쥐고 비 오듯 땀을 흘리고 있었다.

휙!

몇 번 목검을 휘두르다 소년은 지쳤는지 곧 바닥에 주저앉았다. 그러자 나무 사이에서 반백의 중년인이 천천히 걸어 나왔다.

소년은 중년인을 보자 엉덩이를 털고 일어섰다.

"언제 오신 거예요?"

소년은 중년인이 자신을 보고 있었다는 생각이 들자 조금 부끄럽다는 표정을 지었다.

"아까부터 보고 있었다."

중년인의 말에 소년은 살짝 얼굴을 붉히다 곧 검을 내려놓으며 자리에 주저앉았다.

"검은 너무 귀찮아요. 다른 걸 배우고 싶어요."

소년의 말에 중년인은 슬쩍 미소를 입가에 걸었다. 검이 귀찮다고 말하는 소년의 행동이 재미있기 때문이었다. 중년인이 물었다.

"그럼 뭘 배우고 싶으냐?"

"음…… 잘 모르겠어요. 다른 것도 한번 해보고 나서 정할게요."

"그래? 네가 정할 게 어떤 건지는 모르지만 기대가 되는구나."

중년인은 소년의 맑은 눈을 한 번 주시하곤 곧 그 자리에서 사라졌다.

다음 날, 소년은 손에 목도를 쥐고 춤을 추었다. 목검과는 다른 맛이 있는 움직임이었다. 어제 목검으로 부드러운 선을 그렸다면 오늘 목도를 쥔 소년은 힘 있게 공기를 갈랐다.

"아이고……."

털썩!

하루 종일 목도를 휘둘렀는지 땀을 비 오듯 흘리던 소년은 자리에 주저앉아버렸다. 얼마 지나지 않아 소년의 머리 위로 그림자가 드리우며 어제의 중년인이 다시 나타났다.

"그래, 정하였느냐?"

"도법도 안 될 거 같아요. 이것도 너무 귀찮아요."

소년의 말에 중년인은 다시 미소를 보였다. 그리곤 손에 지팡이처럼 쥐고 있던 단봉을 주었다. 소년은 단봉을 쥐자 중년인을 쳐다보았고 중년인은 고개를 끄덕였다. 곧 소년은 자리에서 일어나 봉술을 펼치기 시작했다.

쉬쉭!

수많은 원을 그리며 조화롭게 움직이는 소년의 주위에서 날카로운 소리와 강한 바람이 일어났다.

팟!

풀잎이 바닥을 스치는 봉의 풍압에 잠시 누웠다가 튕기듯 일어나 허공을 수놓았고, '붕! 붕!' 하는 소리가 마치 벌 떼가 날아다니는 듯 메아리쳤다. 그렇게 경쾌한 봉술이었으나 소년은 곧 움직임을 멈추고 다시 자리에 앉았다.

"봉도…… 마음에 안 들어요."

소년의 말에 중년인은 또다시 웃음을 보였다. 소년이 아무것도 모르는 아이여서가 아니라 너무 잘하는 아이였기 때문이다. 불과 열 살 남짓으로 보이는 아이가 펼친 것치고는 너무 뛰어난 솜씨였다.

"그래? 검, 도, 봉은 모든 무공에서 기본이 되는 것인데 다 마음에 안 든다고 하면 딱히 네게 가르칠 것도 없는데, 이걸 어떻게 하느냐?"

중년인의 말에 소년은 그게 무슨 말이냐는 듯 눈을 동그랗게 떴다.

"설마요? 정말 그래요? 이 셋 중에 골라야 한다고요?"

"그래."

중년인이 잘라 말하자 소년은 고민하기 시작했다. 그러다 자신의 양손을 보이며 말했다.

"솔직히 손에 뭘 들고 다니기가 정말 귀찮아요. 그렇다고 안 배울 수도 없고……. 그냥 손으로 할 수 있는 걸 배우면 안 될까요?"

소년의 말에 중년인은 곧 정색하며 말했다.

"손으로 하는 무공이 없는 것은 아닌데…… 조금 어렵단다. 그래도 배우고 싶으냐?"

"귀찮은 건 좀 싫어서요."

소년의 말에 중년인은 미묘한 표정으로 소년을 쳐다보더니 곧 고개를 끄덕였다.

"그래……. 그럼 그렇게 해야지……. 네가 배우고 싶은 게 그런 거라면 말이야……. 그런데 한 가지 알아야 할 게 있다."

"어떤 것인가요?"

"사람이 펼칠 수 있는 무공 중에 가장 강한 무공이 육체를 이용한 무공이고, 가장 배우기 어려운 무공 또한 육체를 이용한 무공이다. 너무 어렵고 까다롭기 때문에 손 대신 검이나 도를 드는 것이지. 조금이라도 편하게 상승의 무공을 익히기 위해서 말이다."

중년인의 말에 소년은 팔짱을 끼고 고개를 끄덕였다.

"그럼…… 고기를 자를 때 칼을 이용하는 것처럼 편해지려고 도구를 쓰는 것이란 말이네요?"

"그렇지. 손으로 땅을 파는 것보다 호미나 삽으로 파는 게 편하지 않느냐? 맨손으로 짐승 가죽을 벗기는 것보다 칼로 벗기는 게 편하다. 나무를 쪼갤 때 손으로 쪼개는 것보다 도끼를 이용하는 게 편하지 않더냐?"

"그렇습니다."

중년인의 말에 소년은 장작을 패던 기억을 떠올리며 대답했다. 중년인은 곧 다시 말했다.

"장백파의 무공 중 가장 익히기 어려우면서 가장 강한 무공을 가르쳐주마……. 물론…… 어렵고 힘들지……. 그렇다고 중간에 포기하면 가만두지 않을 테다. 알았느냐?"

중년인의 말에 소년은 고개를 강하게 끄덕였다. 그러자 중년인이 다시 말했다.

"네가 배울 무공의 이름은 장백삼권(長白三拳)이다."

"장백삼권……."

소년은 무공의 이름에 눈을 반짝이기 시작했다. 중년인은 소년 앞에 앉은 뒤 곧이어 말했다.

"장백삼권은 장중단(長中短)의 삼공으로 이루어져 있고, 하나를 익히기 위해선 적어도 다섯 가지의 서로 다른 무공을 따로 익혀야 한다. 그중 가장 처음에 익힐 단공(短功)은 쾌속하고 빠르면서도 강한 무공이다. 그리고 단공을 바탕으로 펼칠 네 손은 초쾌권(初快拳)이라 한다."

"초쾌권이요?"

"그래, 초쾌권……. 초쾌권을 익히기 위해서는 삼쇄공을 익혀야 하지. 파쇄(破碎), 절쇄(絕碎), 분쇄(粉碎)의 삼공이다.

모든 것을 깨뜨리고 끊고 가루로 만드는 무공이지. 후후후……."

중년인의 미소에 소년은 순간 등골이 오싹한 기분이 들었다. 문득 후회가 밀려왔다. 자신이 잘못 걸린 것 같은 기분 때문이다.

중년인은 그런 소년의 마음도 모르는 듯 갑자기 생각난 표정으로 벌떡 일어서더니 하늘을 바라보며 말했다.

"그래! 네가 권법을 원하니 네 이름을 권호(拳豪)라 하자. 성은 당연히 장(長) 씨가 되어야만 하고. 이제부터 네 이름은 권호다. 장권호."

"장권호……."

장권호는 자신의 이름을 가만히 되뇌었다. 얼굴이나 키는 열 살 정도로 보였지만 그때 그의 나이는 불과 칠 세였다.

"야! 권호야!"

장권호는 자신의 이름을 애타게 부르는 소리에 눈을 뜨며 시선을 던졌다. 모닥불 너머에 누워 있던 양초랑이 눈을 반짝이며 말했다.

"사람이 오고 있어."

"알아."

장권호는 대답한 후 밤하늘을 올려다보았다. 오랜만에 스승님의 얼굴을 보자 기분이 좋아졌다. 물론 어릴 적 따스하고 소중한 기억을 떠올린 꿈이었고, 스승님은 젊은 시절의 얼굴을 하고 계셨지만 그것만으로도 좋다고 생각했다.

부스럭!

풀밭을 조심스럽게 밟고 오는 발소리에 장권호는 자리에서 일어나 앉았다. 살기가 없었기 때문에 크게 경각심을 가지지 않았다. 하지만 양초랑은 상당히 짜증스러운 표정을 보이며 앉았다. 잠을 방해받는 것만큼 짜증스러운 일도 없기 때문이다.

"이런 밤중에 외진 산속을 다니다니…… 조금 의심스러운데?"

양초랑의 낮은 목소리에 장권호는 굳이 대답하지 않았다. 말을 안 해도 누구나 알 수 있는 사실이기 때문이다.

곧 풀 사이에서 이십 대 초반으로 보이는 청년 한 명이 얼굴을 내밀었다.

"안녕하시오!"

청년은 크게 인사하며 다가왔고 양초랑은 조금 어이없다는 듯 청년을 쳐다보았다. 그 청년은 사형의 부고를 전하고 풍운회로 안내한 장학이었기 때문이다.

"반갑소."

장권호는 가볍게 인사했고, 장학은 양초랑의 날카로운 눈을 피하며 장권호의 옆에 앉았다. 곧 짐을 내려놓은 그는 양초랑을 향해 말했다.

"회에서 찾아도 없기에 따라온 것이오. 추적하느라 한참 고생했소이다."

장학의 말에 양초랑은 다시 한 번 눈을 반짝였다. 그리고 장학이 조금 특별한 인물이란 생각이 들었다.

"대단하군……. 사람을 찾는 것만큼 어려운 일도 없는데 말이야. 자네는 추종술에 능한 모양이야?"

양초랑의 말에 장학은 미소를 보였다.

"조금……. 회에 있다 보니 익히게 된 것이오. 그리고 양 형에게 무슨 일이 생기면 내가 혼이 나기 때문에 찾아온 것이오. 양 형의 신변에 문제가 발생하면 회주님이 나를 혼내겠다고 하셨소. 본 회의 호법으로 오실 분인데 문제가 생겨서야 되겠소? 그런데…… 방향을 보아하니…… 장안으로 가는 것 같은데……."

장학의 말에 양초랑은 살짝 미간을 찌푸렸다.

"장안으로 가는 중이오."

장권호의 대답에 장학은 고개를 끄덕였다. 그런 그의 안색이 살짝 바뀌었다.

"귀문에 가는 것이라면 그만 데려오라는 명령을 받았소이다."

"자네가 가잔다고 갈 사람으로 보이나?"

양초랑의 물음에 장학은 고개를 저었다.

"그럴 사람이면 이렇게 고생하며 따라오게 만들지도 않았겠지요."

장학은 곧 한숨을 내쉰 후 다시 말했다.

"죽으러 가는 사람 말릴 수도 없고…… 참 난감합니다."

"후후……."

장권호는 그저 가볍게 미소를 보였다. 장학의 말대로 죽으러 가는 사람이 맞기 때문이었다. 그러자 양초랑이 다시 자리에 누우며 말했다.

"시끄럽고, 그냥 자."

양초랑이 눈을 감자 장권호는 장학에게 물었다.

"풍운회에서 귀문과의 싸움을 그만둔다고 들었는데, 사실인가?"

"물론이오. 쓸데없는 소모전을 피하자고 결론이 났소이다."

"그랬군……. 좋은 선택이야."

장권호는 가볍게 고개를 끄덕이고 곧 자리에 누웠다. 장학은 그런 장권호를 보다 이내 자신도 한쪽에 자리를 만들고 누웠다.

"그런데 이렇게 노숙하면서 계속 갈 겁니까? 편히 가는 방법도 많은데 말입니다."

"그래? 편히? 어떻게?"

"답답하군요."

장학은 양초랑이 눈을 번쩍 뜨며 묻자 길게 숨을 내쉰 후 고개를 저었다.

"내일 아침에 성에 내려갑시다. 방법은 그 이후에 알게 될 테니까요."

장학은 그렇게 말한 후 눈을 감았다. 그도 며칠 동안 이들을 추적하느라 꽤나 지친 모양인지 눈을 감자마자 고르게 숨을 내쉬며 깊은 잠에 빠져들었다.

"오호……."

"이런 방법도 있었군."

수레에 올라탄 세 사람은 무사들과 짐꾼들이 쭉 이어진 행렬을 쳐다보았다. 그리고 마차에 걸린 깃발을 쳐다보았다.

"노국표국이라……. 장안까지 간다니 편한 여행이 되겠어."

양초랑은 돈을 안 받고 노국표국의 임시 표사가 되어 장안까지 동행하기로 했다. 물론 장학이 성에서 쉬고 있는 노국표국을 찾아가서 성사시킨 일이었다. 그들로서도 일류라 불리는 풍운회의 무사들과 어울리는 게 손해는 아니었기에 계약은 손쉽게 이루어졌다.

"밥도 사람들이 가져다 줘…… 잠자리도 마련해줘……. 이거, 너무 좋아. 나도 표사가 될까?"

"그냥 한 번 이렇게 여행하는 게 좋지, 직업으로 하기엔 너무 삭막한 일입니다."

장학의 말에 양초랑은 코를 후비며 대꾸했다.

"뭐…… 무림인으로 사는 것보다 좋은 것 같은데……. 급여도 나오잖아?"

"풍운회도 돈은 나옵니다. 아직 호법으로 일을 안 하셨기 때문에 나오지 않을 뿐이지……."

"헉!"

양초랑이 매우 놀란 표정으로 장학을 쳐다보았다. 왜 처음부터 말하지 않았냐는 표정이었다.

"휴식!"

선두에서 커다란 목소리가 울리자 곧 수많은 사람들이 한쪽에 자리를 마련하고 휴식에 들어갔다. 세 사람은 해가 중천을 지나고 있다는 것을 확인하고 수레에 가만히 앉은 채 식사를 기다리며 조금 떨어진 곳에서 움직이는 쟁자수들과 표사들을 쳐다보았다.

"이렇게 보름만 가면 장안이란 말이지?"

"네."

장학의 대답에 양초랑은 만족한 듯 고개를 끄덕였다.

장권호는 고려에는 없는 표국이란 것에 상당히 신기해하고 있었다. 그리고 중원에는 이러한 직업도 있다는 사실에 꽤나 흥미를 가졌다.

노국표국과의 동행에는 큰 어려움이 없었다. 호북성을 지

날 때까지 표물을 노리는 강도나 산적을 볼 수도 없었고 만나지도 않았다. 하지만 섬서성에 들어오면서부터 사정이 달라졌다. 일행은 벌써 산적들과 세 번째 마주쳤다.

그리 깊은 산중도 아니었다. 도시를 벗어난 지 이틀 정도 지났을 뿐인데 길 양옆으로 늘어선 산적들의 모습은 먹이를 노리는 승냥이들 같았다. 그리고 그 수도 상당하여 어림잡아 백 명은 넘어 보였다.

"원래 이렇게 산적들이 많았나?"

양초랑의 물음에 장학이 대답했다.

"불과 오십 년 전만 하더라도 이곳에 산적들이 이렇게 많이 있지 않았습니다. 그때는 화산파가 인근에 있는 사파들을 모두 없앴으니까요. 관에서 못하는 일들을 그들이 해왔지요."

"화산파라……."

양초랑은 화산파라는 말을 중얼거렸다. 화산파라는 말에 썩 기분이 좋지는 않았다. 화산파에 원한이 있는 것도, 그렇다고 화산파를 싫어하는 것도 아니었다. 단지 안타깝다고 해야 할까?

"화산파가 강호에서 활동을 중단한 지 오십 년이 흘렀습니다. 그사이에 이렇게 변한 것이지요. 거기다 귀문이 섬서성에서 크게 일어나자 남아 있던 정파들도 하나둘씩 자취를 감추고 있습니다. 안타까운 일이지요."

장학은 가만히 중얼거리며 산적들의 모습을 눈에 담았다.

"끝난 모양입니다."

장학의 말에 장권호는 곧 수레에 몸을 눕히곤 눈을 감았다. 그 옆에 양초랑이 누웠고, 마지막으로 장학이 누웠다. 셋은 나란히 요를 덮고 누운 채 하늘을 바라보고 있었다. 정말 편해 보이는 표정들이었다.

"그런데 이번에도 돈으로 해결한 건가?"

"그렇습니다."

"매번 이렇게 돈으로 해결할 거면 우리와 동행할 필요가 없지 않았을까?"

"꼭 그렇지만도 않습니다."

양초랑의 물음에 장학은 고개를 저었다.

"돈으로 해결할 수 있다면 그것만으로도 좋은 것 아니겠습니까?"

장학의 말에 양초랑은 미간을 찌푸렸다. 사파에게 돈을 주는 것만큼 싫은 일도 없을 것이다. 그런데 표국은 그렇게 하고 있었다. 이해가 안 가는 것도 아니었다. 돈으로 싸움을 피할 수 있다면 그것도 좋은 방법이라 생각한 것이다.

단지 무리한 요구가 아니라면 말이다.

"돈으로 해결할 거라면 굳이 우리가 필요하지도 않을 터인데?"

"돈으로 해결 안 되는 일도 종종 일어나기 때문에 그러지 않겠습니까?"

장학의 대답에 양초랑은 고개를 끄덕였다. 장학이 다시 말했다.

"적당한 금액으로 쓸데없는 싸움을 피하고 인명 피해도 없앤다면 좋은 일이겠지요……. 그런데 그렇지 않을 경우도 있습니다. 다행히 이번 산적이 마지막인 듯합니다. 여기서 장안 사이에는 산적이 없다더군요. 하긴, 귀문이 아무리 사파라지만, 그렇다고 산적들을 가만둘 것 같습니까? 그들도 산적들을 소탕하지요……. 단지 과거 화산파가 했던 방법과는 좀 다르지만 말입니다."

"그렇군……. 그런데 다른 방법이라면?"

양초랑의 물음에 장학이 말했다.

"화산파는 그래도 살생을 안 하려고 노력한 편이지요. 산적을 그만두면 농사도 가르쳤으니까요. 하지만 귀문이 어디 그런 곳이겠습니까? 마음에 안 들면 그냥 슥삭……. 그것도 소리 소문 없이 죽이는 경우도 많다고 합니다. 귀문의 눈 밖에 나면 살아남지 못한다고 하지요. 이제부터 우리도 조심해야 할 겁니다. 여긴 섬서니까요."

장학은 말을 끝내며 재미있다는 표정으로 미소를 보였다. 하지만 양초랑은 미간을 찌푸렸고, 장권호는 눈을 감고 잠을 청했다.

흔들거리던 수레가 다시 멈추자 눈을 뜬 장권호는 앞쪽을 바라보았다. 선두에 선 표두 근처에 십여 필의 말이 멈춰 서 있는 것이 보였다. 그중 가장 후미의 백마에는 백의를 걸친 여자가 타고 있었고, 나머지 말에는 짙은 흑색의 무복을 걸치고 어깨에 검을 찬 무사들이 보였다.

"무슨 일이지?"

양초랑이 눈을 뜨고 자리에 앉아 중얼거리자 장학이 앞을 바라보다 안색을 바꾸더니 말했다.

"자영영이네요."

"자영영?"

장학은 고개를 끄덕였다. 그러자 양초랑의 눈동자가 빛나기 시작했다.

"그 자영영?"

"그렇습니다."

장학의 확신에 찬 대답을 듣자 양초랑은 잠시 고민에 빠졌다.

"귀문의 여자인가?"

장권호의 물음에 장학은 고개를 끄덕였다.

"귀문주의 셋째 제자인데 뭐랄까…… 상당히 차갑다고 할까요? 아무튼 조심해야 할 여자입니다."

장학의 설명에 장권호와 양초랑은 동시에 고개를 끄덕이며 동조했다. 보기에도 눈매가 차가워 보였기 때문이다.

"사람을 찾고 있는데 표물을 살펴봐야겠다."

귀문의 순찰당 부당주인 마행의 물음에 노국표국의 표두로서 이번 표물 운송의 책임을 지고 있는 장관해가 상관없다는 표정으로 대답했다.

"물론 그렇게 하셔도 됩니다."

장관해의 대답에 자영영은 곧 시선을 돌려 수하들을 바라보았다. 그러자 말을 탄 무사들이 천천히 짐을 조사하며 뒤로 이동하기 시작했다. 마행은 장관해와 함께 사람들을 살피며 뒤로 이동했다. 그 뒤에서 자영영이 담담한 표정으로 사람들을 살폈다.

"그런데 누구를 찾기에 순찰당이 이렇게 나왔습니까?"

"우리가 하는 일에 대해서 관심 갖지 말게나. 죽고 싶지 않으면 말이야."

마행의 담담한 목소리에 장관해는 입을 굳게 다물었다. 목소리는 평온했으나 등골이 서늘해지는 느낌이 들었다. 거기다 이곳은 귀문의 앞마당이었다. 귀문에게 밉보여 좋을 일은 하나도 없었다.

"그런데 표물은 이수상회에 가는 게 확실하지?"

"물론입니다. 거래내역서 역시 보여드리지 않았습니까?"

"뭐, 그거야 확인해보면 알 일 아닌가?"

마행은 느긋이 대답하곤 표사들과 일꾼들 사이에서 눈을 날카롭게 반짝이며 찾고 있다는 인물이 있는지를 살폈다.

중간쯤 이동했을 때, 멀리서 말발굽 소리가 요란하게 들리더니 똑같이 흑색 무복을 입은 젊은 청년이 말을 탄 채로 다가와 전서를 마행 앞에 내밀었다. 마행은 전서를 받아 쥐고 읽더니 고개를 끄덕였다.

"맞군. 이수상회의 거래내역이 확인되었네."

마행이 미소를 보이며 말하자 장관해는 속으로 한숨을 내쉬며 미소 지었다.

"다행입니다."

"만약 틀렸다면 바로 죽였을 텐데, 아쉽군……. 요즘 내 검에 피가 안 묻어서 말이야."

마행은 낮은 목소리로 중얼거리며 말했다. 그 말에 장관해는 서늘한 살기를 다시 한 번 느껴야 했다.

'이러다 제명에 못 죽겠는걸……. 이번 일을 마치면 다시는 장안에 오지 말아야겠어…….'

장관해는 속으로 다짐하며 어서 빨리 귀문의 순찰당이 사라져주기를 기다렸다.

말을 탄 무사들이 시선을 던지며 지나가자 장권호는 수레에 놓여 있는 쌀가마 옆에 몸을 기대었다. 양초랑은 무사들에게 미소를 던졌고 장학은 무표정한 얼굴로 그들이 지나가기를 기다렸다. 풍운회의 사람이 이곳에 와서 귀문과 마주하는 일만큼 위험한 일도 없기 때문이다.

무사들이 지나간 뒤 장관해와 마행이 다가왔다. 장학은 미간을 찌푸렸다. 마행과 눈이 마주쳤기 때문이다. 하지만 장학은 재빠르게 고개를 돌렸다. 그들이 슬쩍 흘겨보면서 지나치자 장학은 짧게 한숨을 내쉬었다.

고개를 들던 그는 순간 자신을 내려다보고 있는 자영영의 눈과 마주쳤다. 자영영은 살짝 아미를 찌푸리며 입을 열었다.

"아는 얼굴이군."

자영영의 낮은 목소리에 앞에 있던 마행이 말머리를 돌렸다. 그러자 장관해가 안색을 바꾸었다. 장학은 풍운회의 사람이었기 때문이다. 지금 풍운회와 귀문의 관계가 최악이란 것을 그가 모를 리 없었다. 자칫하면 풍운회와 귀문의 싸움에 말려드는 것이 아닐는지 걱정이 되었다.

"누군지 아십니까?"

마행이 조심스럽게 묻자 자영영은 고개를 끄덕였고, 장학은 미소를 보였다. 자영영이 자신을 알아보았다는 것에 속으로는 매우 놀라고 있었으나 이왕 이렇게 된 거, 굳이 숨길 이유가 없다고 판단했다.

"오랜만에 뵙는군요, 자 소저."

"후후……. 무당산에서 잠시 본 것뿐인데 그래도 기억하는 모양이군."

"물론이지요. 설마 제가 자 소저를 기억 못하겠습니까?"

장학의 대답에 자영영은 만족한 표정을 보였다.

"그런데…… 이름이 뭐였더라? 확실히, 자청운 뒤에 있었던 것으로 기억하는데 말이야."

"장학이라 합니다."

장학의 대답에 자영영은 고개를 끄덕였다. 그러자 마행의 안색이 돌변했다. 풍운회의 사람이라는 것을 알았기 때문이다. 풍운회의 자청운이란 석 자를 모르는 귀문 사람은 없었다.

"대담하군."

슥!

마행이 검을 잡으려 하자 자영영이 그런 마행을 제지하며 장학에게 물었다.

"동행인가?"

"일행이지요. 장안에 잠시 볼일이 있어서 왔습니다."

"장안에 오면서 본 문에 연락도 없이 왔다라……. 그것도 풍운회에서 말이야……."

자영영의 말에 장학은 재빠르게 말했다.

"이분들은 풍운회의 사람들이 아닙니다."

"양초랑이라 하지."

양초랑이 미소를 보이며 손을 흔들자 자영영의 안색이 바뀌었다. 강북삼도 중 한 명이었기 때문이다.

"장권호라 하오. 그냥 지나가는 객일 뿐이오."

장권호란 이름은 들어본 적이 없기 때문에 자영영은 크게 신경 쓰지 않았다. 신경 써야 할 인물은 그가 아니라 양초랑이었다.

“이름 높은 강북삼도 양 소협이 이곳 서안까지 오다니 별일이군요?”

“유람차 온 것이오. 서안에 볼 게 너무 많아 안 보면 후회할 것 같아서 왔소이다. 크게 문제될 게 있소이까?”

양초랑의 물음에 자영영은 고개를 저었다.

“문제될 게 있을까요? 그냥 조용히 구경하시다 가면 될 거예요. 조용히 말이에요.”

“여부가 있겠소이까. 당연히 그래야 하지 않겠소?”

양초랑의 대답에 자영영은 미소를 보인 후 곧 마행과 함께 이동하였다. 그들이 지나가자 장학은 짧게 숨을 내쉬었다. 안도한 것이다. 귀문과 싸움이 벌어지는 것을 반대하지는 않지만 풍운회와 귀문의 싸움에 노국표국을 휘말리게 하면 명분이 서지 않기 때문에 지금 당장 부딪혀서는 안 되었다.

자영영이 쓸데없이 싸우려 들지 않아 다행이었다.

“이제 서안에 도착하는 일만 남았습니다.”

장학이 말을 하며 멀어지는 자영영의 뒷모습을 쳐다보았다.

“그런데 저들이 찾는 사람은 누구야?”

“글쎄요…….”

장학도 잘 모르겠다는 표정으로 고개를 저었다.

"사람을 붙여둬……. 혹시 모르니까……. 더욱이 양초랑은 아직 어디에도 소속되지 않은 놈이야……. 본 문으로 끌어들이면 큰 힘이 될 놈이지. 무슨 뜻인지 잘 알겠지?"

"알겠습니다."

자영영의 낮은 목소리에 마행은 조용히 대답했다. 곧 표물의 마지막까지 모두 살피자 장관해를 향해 마행이 말했다.

"그럼 수고하시오. 그만 가볼 테니……."

"감사합니다."

"아, 그리고 우리 수하 두 명을 붙일 테니까 동행하시오. 서안까지 동행하면 우리 일로 크게 불편해지는 일도 없을 것이오."

"신경 써주셔서 감사합니다."

장관해는 순순히 대답했지만 속이 불편했다. 그렇다고 얼굴에 그 마음을 표현할 수는 없었다.

"그럼 수고하시오."

마행은 말을 마치자 자영영과 함께 돌아갔다. 그들이 멀어지자 남은 두 사람을 보던 장관해는 곧 표사들과 일꾼들을 독려하며 이동하기 시작했다.

* * *

서안에 도착하자 노국표국과 헤어진 일행들은 남문 근처

에 있는 객점에 방을 잡고 투숙했다. 남문 근처라 그런지 많은 사람들이 오가는 모습을 볼 수 있는 곳이었다.

"장 형은?"

"조사할 게 있다고 나가더니 아직 안 왔네."

양초랑은 바지춤을 올리며 대답했다. 뒷간에라도 다녀온 듯 상당히 개운한 표정을 보이며 의자에 앉은 그는 지나가는 사람들을 쳐다보고 있는 장권호에게 물었다.

"여기까지 왔는데 화산에 한번 올라가보는 것은 어떻겠나?"

"화산?"

장권호가 흥미 있다는 표정으로 쳐다보자 양초랑은 고개를 끄덕였다.

"여기서 화산이 가깝거든."

"가본 적이 있는 모양이군?"

"물론…… 몇 년 전에 스승님을 따라 한 번 간 적이 있었지……. 하지만 산에 오르지는 못했어. 함부로 올라갈 수 없었거든. 화산파가 봉문한 이후로 입구도 봉쇄한 상태라…… 그저 멀리서 구경만 하다 돌아왔지."

양초랑의 말에 장권호는 의문스러운 표정으로 물었다.

"화산파가 봉문을……. 생각해 보니 그 이유조차 나는 잘 모르는데? 왜 그런지 알고 있나? 그렇게 거대한 문파가 봉문을 할 정도로 큰 우환(憂患)이 있었던가?"

"화산파가 봉문한 이유라……. 나도 자세히는 잘 모르지만 스승님의 말로는 한 권의 무공서 때문이라 하더군."

"무공서?"

장권호가 눈을 반짝이자 양초랑은 미소를 보였다. 흥미를 보이는 장권호의 반응 때문이다. 무인치고 무공서에 관심이 없는 사람은 없을 것이다. 그것도 화산파라는 거대 문파를 봉문시킬 정도의 위력을 지닌 무공서라면 더더욱 관심이 갈 것이다.

"책 제목은 자네도 한 번쯤 들어 본 적이 있을 것 같은데……. 강호의 사람이라면 누구나 다 아는 제목이니까."

"혹시…… 신검록(神劍錄)을 말하는 것인가?"

"호오, 자네도 아는군. 바로 검신(劍神) 천하독패(天下獨覇) 오성천(吳聖天)의 모든 무공이 담긴 책이네."

장권호는 미미하게 고개를 끄덕였다. 장백산에서 살던 그였어도 신검록에 대해서 모르는 것은 아니었다.

살아 있는 동안 천하를 재패했다고 알려진 오성천은 무림 역사에서 가장 이름이 높은 인물이었다.

그를 능가하는 사람도 세력도 없었다고 한다. 그것이 불과 삼백 년 전의 일이다. 그는 백 년 가까이 천하 위에 군림(君臨)하였고 그가 사라진 지금까지도 그의 명성은 여전히 이어지고 있었다.

"그 신검록이 화산파에 나타났었네. 그것도 오십 년 전에…….”

“그래?”

“그랬지.”

양초랑은 고개를 끄덕였다. 곧 그는 깊은 숨을 내쉬며 다시 말했다.

“그런데 아무리 화산파라 해도 강호 전체의 공격을 막을 수 있었겠나? 신검록에 눈이 어두워진 수많은 문파들이 그들을 공격했고 그들은 끝까지 싸웠다고 하네. 싸움은 한 달 동안 이어졌고, 화산은 피로 물들었지.”

“대단했겠어…….”

장권호는 침중한 표정으로 창밖으로 지나가는 행인들을 쳐다보았다. 하지만 그의 머리에는 시신들이 널브러진 장백파의 모습이 그려졌다.

화산파의 모습 또한 그러지 않았을까? 문득 그런 생각이 들었다.

“그렇게 긴 시간 동안 싸우던 화산파도 결국 손을 들고 봉문을 선택했지. 그런데 우스운 게, 어디에도 신검록은 없었다는 거야……. 화산을 아무리 뒤져도 신검록은 없었고, 사람들은 물러갔지……. 얼마 지나지 않아 이상한 소문도 돌았네……. 누군가의 음모라고 말이야. 화산파를 멸하기 위한 음모라고. 후후…….”

양초랑은 마지막 말을 하며 미소를 보였다. 상당히 재미있어 하는 것 같았다.

"사람은 참으로 간사하다니까……. 봉문하고 나니 그 이후에 있을 원한이 두려웠는지…… 신검록에 눈이 멀어 화산을 공격했던 수많은 문파에서 매년 사람을 보낸다고 하네. 뭐 필요한 게 있으면 언제라도 도와주겠다면서 말이야."

양초랑은 곧 미간을 찌푸리며 다시 말했다.

"자네 같으면 그런 사람들의 얼굴을 마주하고 싶겠나? 나 같으면 보는 순간 면상을 잘라버렸을 거야……. 그런 이유로 화산파는 아예 입구조차 막아버렸어. 아무도 산에 오르지 말라고……."

"재미있는 이야기네. 재미있는……."

장권호는 미미하게 고개를 끄덕이며 양초랑의 말을 귀담아 들었다. 양초랑의 말대로 화산파의 일은 상당히 흥미 있는 일이었고 많은 생각을 하게 하는 사건이었다.

'강호란 원래 이런 곳인가……. 책 하나에 문파 하나가 봉문을 할 정도로 작은 곳이었던가…….'

지나가는 수많은 행인들과 끝없이 펼쳐진 지붕들을 쳐다보며, 문득 겉으로는 거대하게만 보이는 강호가 좁다는 생각을 했다.

해가 저물자 장학이 돌아왔다. 그는 술 한 병과 기름에 튀긴 닭 한 마리를 탁자 위에 올려놓으며 말했다.

“술이나 한잔합시다.”

그 말에 양초랑과 장권호가 탁자에 나란히 앉았다.

“오늘 저녁은 술이 밥이오.”

“그거 좋군그래. 하하!”

장학의 말에 양초랑이 웃으며 술잔을 들었다. 장권호도 미소를 보이며 술잔을 들자 장학이 말했다.

“생각을 해보니 이렇게 술을 함께 마신 기억이 없어서 사왔소. 잘한 것이오?”

“물론.”

장권호와 양초랑이 고개를 끄덕이자 장학은 웃으며 다시 말했다.

“우리 셋이서 술자리는 처음이니 각자 소원 하나씩 말하고 첫 잔을 마십시다. 나는 오래 사는 것이오.”

장학의 말에 양초랑은 생각할 것도 없이 말했다.

“나는 다섯 첩을 두는 게 소원이지. 하하!”

양초랑의 말에 장학이 크게 웃었다.

“호색한이 되겠다니, 그거 참 사내다운 말이오! 장 형은 무엇이오?”

장학의 시선에 장권호는 술잔을 들어 보이며 말했다.

“집에 가는 거네.”

그의 낮은 목소리에 양초랑과 장학은 그게 무슨 소원이냐는 듯 쳐다보았다. 그러자 장권호가 다시 말했다.

"너무 단순한가? 그래도 집에 무사히 갈 수 있을지…… 그게 늘 걱정이네. 후후……. 마시지."

장권호가 먼저 술을 마시자 양초랑과 장학도 술을 마신 후 닭고기를 뜯어 먹기 시작했다.

술이 사라지는 속도만큼 이야기는 계속되었고 각자 자기 자신에 대한 이야기들을 떠들며 밤은 깊어가고 있었다.

"화산에 가려면 귀문과는 더욱 멀어지는데 상관없습니까? 귀문에 먼저 갔다가 화산에 들르는 게 나을 듯한데요……. 더욱이…… 도주로로 화산을 택하는 것도 나쁘지 않습니다."

"확실히…… 봉문한 문파에 가는 것도 강호의 법도에 어긋나는 일이긴 하지."

"아무리 귀문이라 해도 화산에는 쉽게 오르지 못할 것입니다."

장학과 양초랑이 대화하는 소리를 들은 장권호는 자리에서 일어섰다.

"어디 가는가?"

양초랑이 묻자 장권호가 술잔을 들었다.

"너무 많이 마셨더니 급해져서 말이야……. 잠시 실례하지."

장권호의 말에 양초랑과 장학은 무슨 뜻인지 알고는 미소를 보였다. 장권호는 말을 한 후 밖으로 나왔다.

뒤뜰로 들어선 장권호는 잠시 걸음을 멈추고 기둥에 기대어 자고 있는 취객을 쳐다보았다. 나이는 그리 많아 보이지 않았고, 술 냄새가 오 보 정도의 거리에 있는데도 코를 찔렀다.

장권호는 크게 신경 안 쓰는 표정으로 걸음을 옮겼다. 그때, 뒤통수로 마치 작고 날카로운 바늘이 살을 찌르는 듯 따끔한 느낌이 들었다.

팟!

번개처럼 신형을 돌린 장권호의 바로 눈앞에서 조금 전의 취객이 단도로 목을 찔러오고 있었다.

허깨비 같은 그 몸놀림과 소리 없는 동작에 놀랄 법도 했으나 장권호의 표정은 여전히 차가웠고 대처도 매우 빨랐다. 장권호의 오른손이 그림자를 만들었다.

퍽!

쿠당!

순식간에 바닥에 쓰러진 취객은 목을 잡고 있었으며 숨을 못 쉬는지 온몸을 떨고 있었다. 장권호의 수도가 눈에 보이지도 않을 만큼 빠르게 취객의 목을 가격한 것이다.

"콜록! 콜록!"

어느 정도 숨이 돌아왔는지 기침을 하고 있는 취객을 내려다보던 장권호는 낮은 목소리로 입을 열었다.

"누가 시켰지?"

장권호는 이미 상대가 살수라는 것을 파악하고 그 배후를 물었다. 아무런 이유도 없이 사람을 죽일 수 있는 사람들은 살수밖에 없고, 장권호는 사람을 죽이는 일을 업으로 삼은 놈들을 매우 싫어했다.

"내가 어떤 사람인지…… 알고서 나를 죽이려 한 건가?"

장권호의 물음이 다시 이어지자 살수는 순간적으로 눈을 반짝였다. 그 순간 장권호의 눈동자가 커졌고 살수는 쥐고 있던 단도를 자신의 목에 찔렀다.

푹!

"……!"

장권호의 표정이 굳어졌다. 취객의 목에서 흘러나오는 붉은 피는 그칠 줄 몰랐고, 눈을 부릅뜬 채 숨이 멎은 살수에게서는 아무런 감정도 엿볼 수 없었다. 마치 당연하다는 듯한 표정이었다. 그 모습이 장권호의 가슴을 뜨겁게 달구기 시작했다.

"이런…… 도대체……."

장권호는 낮게 중얼거리며 신형을 돌렸다. 그의 머릿속은 상당히 크게 헝클어졌다. 자신이 어떤 사람인지 알지 못한다면 과연 살수를 보낼 수 있을까? 장백파의 사람이라는 사실을 누군가 분명 알고 있기 때문에 이러한 일이 일어난 거라고 생각했다.

그리고 사형이 중원에 무언가를 했다는 증거이기도 했다.

사형은 분명 중원에서 어떤 일을 겪은 게 분명했다. 그리고 살수를 동원할 만큼 원한을 샀을지도 몰랐다.

살수의 배후를 알아내면 사형의 흔적에 더욱 접근할 수 있을 거라 생각했다. 그러나 그걸 알아내기도 전에 살수는 자결을 해버렸다. 문득 후회가 밀려왔다. 살수라는 것을 알았을 때 자결하는 것을 미연에 방지했어야 한다고 생각했다. 다음에 이런 일이 생기면 두 번 다시 오늘의 실수를 반복하지 않을 거라 다짐했다.

'자결이라…….'

장권호는 깊은 숨을 내쉬며 고개를 저었다. 오늘은 밤이 좀 길 것 같았다. 많은 생각을 해야 하기 때문이다.

방으로 돌아온 장권호는 좀 전에 뒤뜰에서 있었던 일을 양초랑이나 장학에게 말하지 않았다. 굳이 말을 해도 달라질 게 없다고 판단했기 때문이다. 무엇보다 장학이 풍운회 소속이란 것이 마음에 걸렸다.

자신이 장백파 사람이란 것을 아는 곳은 현 강호에 몇 없으며, 그중에 하나가 풍운회이기 때문이다. 자청운이 안다면 풍운회가 아는 것과 다르지 않았다.

"그런데 장 형에게 물어볼 게 있습니다."

"나에게?"

장학은 고개를 끄덕였다.

"물어보게나."

장권호의 대답에 장학은 곧 진지한 표정으로 입을 열었다.

"봄에도 눈이 녹지 않는 북쪽에는 알려지지 않은 강자들이 많다고 들었습니다. 이를테면…… 몇 년 전 중원에서 도망친 일월쌍귀(日月雙鬼)가 있었는데 본 회에서도 쫓던 자들이었지요. 무공이 고강해 쉽게 잡을 수 없었던 연놈들입니다. 저희는 그때 백옥궁에 협조를 요청했고, 백옥궁이 그 요청을 받아들여 그들을 쫓았지요."

"일월쌍귀라면 미친 연놈들 아니야? 마음에 드는 아이가 보이면 그 부모를 모두 죽이고 자기들이 부모인 양 행세하던 놈들이잖아? 그러다 결국 아이가 어느 정도 자라면 또 죽여 버리고……."

양초랑의 말에 장학이 고개를 끄덕였다.

"십 세를 넘기면 보기 싫다고 죽이던 연놈들이었지요. 기르는 아이가 있는 와중에도 길을 가다 마음에 드는 아이를 보면 납치하던 놈들입니다. 그놈들이 결국 무림공적이 되어 동북지방으로 도망쳤지요."

"이야기는 들었지."

양초랑은 고개를 끄덕였다. 장학이 다시 말했다.

"일월쌍귀는 무공이 워낙에 고강해 강호에서도 손을 쓰기 어려운 상대였습니다. 그런데 그들이 시신으로 발견됐지요. 백옥궁이 송연산에서 발견해 저희에게 인도했습니다. 누가 죽였는지는 백옥궁에서도 말해주지 않았는데……. 분명 아는 사람인 듯했습니다. 무엇보다 놀란 것은 일월쌍귀가 단 일격에 죽었다는 점입니다. 둘 다 몸에는 아무런 상처도 없이 목뼈만 부러진 채 발견되었으니까요."

"대단하군……."

양초랑은 일월쌍귀의 무공이 어느 정도인지 잘 모르지만 적어도 자신의 명성만큼 대단한 사파인이란 점에서 비슷할 거라 예상했다.

"백옥궁에서 온 사람들이 현재 풍운회에 있는데 그녀들은 모른다고 하더군요. 일월쌍귀를 죽일 정도로 대단한 사람이면 분명 이름이 있을 테고, 그녀들이 모를 리 없을 텐데 말입니다."

장학은 그렇게 말하며 장권호를 쳐다보았다.

"혹시 일월쌍귀를 아십니까?"

"처음 들어보는 이름이군."

장권호는 낮은 목소리로 중얼거렸다. 장학은 의심스럽다는 듯 장권호를 쳐다보았다.

"백옥궁과는 친분이 있다고 들었는데 풍운회에 왔을 때는 백옥궁의 사람들을 만나지 않은 듯하더군요. 물어보니 다들 깜짝 놀라던데요? 인사라도 하실 거라 생각했더니……."

"쓸데없이 만날 이유는 없어."

장권호의 말에 장학은 의심스러운 듯 장권호를 쳐다보았다.

"장 형은 아니야, 절대……. 도를 쓰니까. 목을 부러뜨렸다면 손을 쓰는 사람일 텐데……. 장 형이 손을 쓰는 모습을 본 적이 없거든."

양초랑의 말에 장학은 조금 실망스러운 듯 고개를 끄덕였다.

'하지만…… 자 총관은 분명 장 형이 그 사람이라 하셨단 말이야…….'

장학은 자청운의 말을 떠올리다 곧 생각을 접었다.

* * *

화려한 실내에 환한 빛이 비치고 있었다. 그 안에 앉아 있는 자영영은 그리 밝은 표정이 아니었다. 아직도 찾고 있는 인물을 못 잡았기 때문이다.

"칫!"

손톱을 깨물던 그녀는 문 밖으로 시선을 돌렸다. 인기척이 들렸기 때문이다. 곧 문 쪽에서 사람의 목소리가 들렸다.

"백귀(白鬼)입니다."

"들어와."

조금 가느다란 목소리가 들리고, 그 직후 문을 열고 전신을 백색으로 두른 여자가 들어왔다. 백색 가면으로 얼굴을 가리고 있는데 어둠 속에서 보기라도 하면 심장이 튀어나올

만큼 괴기스런 모습이었다.

그녀는 공손한 모습으로 자영영의 앞에 다가와 바닥에 엎드렸다.

"찾았느냐?"

"죄송합니다. 아직……."

"이런 쓸모없는 년!"

휙!

자영영은 탁자 위에 있는 꽃병을 집어 백귀에게 던졌다.

팍!

꽃병이 정확하게 백귀의 머리에 부딪혀 산산이 조각나자 그 안에 있던 물과 이름 모를 꽃들이 백귀의 머리 주변에 흩어졌다. 하지만 백귀는 그저 어깨만 조금 흔들렸을 뿐 미동도 없었다.

"죄…… 죄송합니다."

백귀의 가라앉은 목소리에 더욱 화가 난 것인지 자영영은 이를 악물며 일어나 백귀에게 다가갔다.

"너 같은 년을 거두고 키우고 무공까지 가르쳐주었더니 그깟 기집 하나를 잡지 못해!"

퍽!

자영영은 마치 화풀이를 하려는 듯 백귀의 옆구리를 걷어찼다. 백귀는 힘없이 허공으로 떠오르더니 곧 다시 바닥에 엎드렸다. 조금 전의 모습 그대로였다. 자영영은 그런 백귀의 머리카락을 휘어잡고 고개를 들어올렸다.

주륵!

백귀의 가면 아래로 핏방울이 흘러내렸다. 자영영은 시퍼런 눈으로 백귀의 가면 안쪽에 있는 눈동자를 쏘아보았다.

"시간은 이틀이야……. 이틀…… 이틀 안에 찾아내. 못 찾으면…… 다시 형옥(刑獄)에 보낼 테니까……. 그곳은 가기 싫겠지?"

그 말을 들은 백귀의 눈에 두려움이 가득 들어찼다. 백귀의 머릿속에 형옥에 끌려갔을 때의 기억이 떠오른 것이다. 그곳에서 특별한 형벌을 받은 것은 아니었다. 단지 마혈을 눌려 움직이지 못하는 상태로 던져졌을 뿐이었다. 그러나 그곳에 갇혀 있는 남자들의 노리개가 되어 씻을 수 없는 고통을 받았다.

물론 그 남자들은 모두 다음 날 아침 마혈이 자연스럽게 풀린 백귀의 손에 모조리 시신이 되었다.

두려움에 떠는 그 모습이 만족스러웠는지 자영영은 곧 백귀의 머리카락을 놓아주곤 자신의 자리로 돌아가 앉았다.

"남자들의 노리개가 되는 것도 꽤 기쁜 일일 텐데……."

"꼭 찾겠습니다."

자영영은 백귀가 빠르게 대답하자 미소를 입가에 그렸다.

"그런데 그년은 왜 도망쳐서 이 고생을 시키는지……. 스승님의 사랑은 독차지하면서 말이야……. 나라면 기쁘기 한

량없을 텐데……. 더욱이 아들까지 낳으면…… 금상첨화겠지…….”

자영영은 가만히 중얼거리며 고개를 저었다. 도망친 스승의 첩이 미련하다고 생각했다. 현재 귀문의 문주인 추야장에게는 아들이 없었다. 딸만 둘이 전부였다. 그것도 둘 다 부인이 달랐다. 그로 인해 추야장의 제자들은 앞으로 다가올 후계자 문제를 염두에 두고 있었다.

백귀가 조용히 입을 열었다.

“문주님께서 문을 나오셨습니다.”

“뭐? 그건 무슨 소리니?”

자영영의 물음에 백귀는 빠르게 다시 말했다.

“이틀 전 문을 나오셨다 합니다. 아무래도…… 직접 찾으시려는 듯합니다.”

“재수 없게…….”

자영영은 낮게 중얼거리다 아미를 찌푸렸다.

“잡으면 그년 몸에 장난 좀 치려 했더니…….”

자영영은 아쉽다는 듯 고개를 저었다.

“더 이상 할 말 없으면 가봐.”

“예.”

백귀는 대답 후 조용히 밖으로 빠져나갔다.

방 안은 좁고 협소했다. 한쪽에 놓인 침상이 전부였고 그

이외에는 아무것도 없었다. 비좁고 차가운 공기가 맴도는 방이었다.

끼익!

아무도 살지 않을 것 같은 방에 백색 가면을 쓴 백귀가 문을 열고 들어왔다. 이 방은 그녀가 자영영을 따라 서안에 올 때마다 지내는 곳이었다.

"후……."

짧게 숨을 내쉰 그녀는 방 안을 둘러보았다. 벽에 그려진 수많은 검흔들이 그녀의 눈을 가득 메웠다. 아니, 자세히 보면 그건 검흔이 아니라 날카로운 무언가에 긁힌 상처란 것을 알 수 있었다. 그녀는 잠시 벽면을 바라보다 한쪽에 빈 공간이 보이자 그곳으로 다가가 손톱으로 벽을 긁기 시작했다.

끼기기긱!

벽을 긁는 기괴한 소리가 방 안을 울렸고, 차가운 바람이 방 안에 부는 듯했다.

"크윽!"

신음성이 가면 너머에서 흘러나왔다.

"죽여버리겠어……. 죽여버리겠어……."

그녀의 낮은 목소리는 방 안을 맴돌았고 그녀의 몸에서 시리도록 차가운 한기가 뻗어 나와 사방에 휘몰아쳤다. 하지만 그것도 잠시뿐, 그녀는 힘없이 바닥에 주저앉았다.

땅!

백색 가면이 그녀의 얼굴에서 떨어져 바닥을 구르자 그녀는 황급히 가면을 손에 쥐고 얼굴을 가렸다.

"흑! 흐흑!"

그녀의 어깨가 흔들리더니 곧 흐느끼는 소리가 가면 밖으로 새어나오기 시작했다.

제3장

원한을 간직한 자

나는 사람을 쉽게 죽였다. 아니, 사람을 쉽게 죽인 게 아니라 사람이 쉽게 죽었다. 내 힘을 남에게 과시하고 싶었다. 그런 마음이 가슴을 뜨겁게 달구고 있을 나이였다. 그때 나는 의기를 가지고 악인들을 죽였었다.

그러던 어느 날, 사매가 내게 달라졌다는 말을 해주었다. 뭔가 사람이 달라졌다고…… 접근하기 힘들다고…… 눈빛도 달라졌고 행동도 달라졌다고…… 모든 게 달라졌다고 말해주었다……. 그리고 사매는 다가오지 않았다. 가슴 한쪽이 빈 것 같은 기분을 그때서야 느꼈고 내 자신이 어리석게 느껴졌다.

그때부터였을까? 그 이후로 산을 떠난 적이 없었다.

"흑! 흑!"

흐느끼던 백귀는 어느 정도 마음이 진정되자 자리에서 일어나 침상에 앉았다. 지금의 자신이 너무 한심스러웠고, 원망스러울 정도로 싫었다.

"왜……."

그녀는 천천히 가면을 벗었다. 그리곤 어두운 방 안의 허공을 바라보며 천천히 손을 들어 얼굴을 만졌다. 막 볼을 만지던 그녀는 어깨를 다시 한 번 떨었다. 거친 느낌이 손에 전해졌기 때문이다.

거칠게 홈이 파인 얼굴은 여전히 변한 게 없었다. 도대체 몇 개인지 셀 수도 없을 만큼 많은 상흔들이 그녀의 얼굴을 가득 메우고 있었으며, 그녀는 그러한 흔적을 손으로 만지고 있었다. 그녀는 그 상처들 하나하나에 새겨진 기억을 떠올리고 있었다.

단 하나도 빠뜨리지 않기 위해 처음 생겨난 상처부터 최근에 생겨난 상처까지 모두 떠올리고 되씹었다.

잊지 않기 위해서……. 언젠가 되갚아주기 위해서…….

그게 지금까지 살아온 이유였고, 벗어날 수 없다는 것을 알면서도 벗어나기 위해 노력한 이유였다.

그녀는 그렇게 밤이 새도록 상처를 만지며 기억을 떠올렸다.

은 한 냥.

그게 소녀의 목숨값이었다. 은 한 냥에 팔린 것도 비싼 것이라고 사람들은 수군거렸다. 그보다 못한 값에 팔리는 아이들이 수두룩했기 때문이다.

은 한 냥의 값어치는 해야 한다는 말을 들으며 팔린 일곱 살짜리 소녀는 아무것도 모른 채 여행을 해야 했고, 도착한 곳에 있던 비슷한 또래의 소녀인 주인과 만났다.

처음 그곳에 갔을 때, 소녀는 생전 처음 보는 예쁘고 아름다운 주변 모습에 반하였다. 또한 사람들은 모두 친절했고 잘해주었다.

이런 곳에서 산다면 아무런 걱정도 없을 것 같았다. 하지만 며칠 지나지 않아 자신은 단지 주인의 살아 있는 장난감에 불과하다는 것을 알았다.

비슷한 나이로 보이는 주인은 처음에는 친구처럼 대해주었다. 같은 나이의 친구가 없기 때문이었던 것 같다. 한동안 친근하게 대해주던 주인이 어느 날 화가 나서 소녀를 때렸다. 무공을 익힌 주인의 손은 매서웠고, 처음 한 대 맞은 순간 기절하고 말았다.

그렇게 몇 번 맞고 기절하자 주인은 무공을 배워야겠다고 말했다. 그래야 상대가 되어줄 거라고……. 그 말에 몇몇 어른들을 통해 무공을 익혔다.

주인의 상대가 되기 위해 노력했고, 그러는 틈틈이 주인과 비무를 했다. 그러다 제대로 익히지 못했다는 말이 나오면 곧바로 주인의 어머니가 나타나 혼을 냈다. 주인보다 더 무서운 여자였다. 눈빛만 봐도 온몸이 동상에 걸리기 직전처럼 춥고 아파서 죽을 것만 같았다. 두려운 사람이었다.

그렇게 오 년을 보내는 동안 참 많이 맞았고, 주인에게 적응을 할 수 있었다.

그러던 어느 날이었다.

처음 얼굴에 상처가 생긴 날…….

그날은 주인과 비슷한 나이로 보이는 또래의 남자가 있었다. 그 남자는 소녀를 보고 예쁘다고 했다. 그 한마디에 주인은 손에 들고 있던 진검으로 소녀의 얼굴을 베었다.

오른 이마에서 시작하여 미간을 지나 왼 볼에 이르는 긴 혈선이 그려졌다. 다행이라면 눈이 다치지 않았다는 점이었다.

하지만 얼굴에는 이미 돌이킬 수 없는 상처가 생겨났다. 단지 얼굴을 지나는 선이 하나 그려졌을 뿐인데…… 그 하나로 얼굴은 보기 흉해졌다.

얼굴의 상처가 다 나아 붕대를 풀던 날, 흉하게 지나간 흉터에 소녀는 한참을 울었고 주인 역시 그때는 같이 울어주었다. 미안하다고, 잘못했으니 용서해달라고 말했다. 그 진정

어린 모습에 소녀는 당연히 주인을 용서했고, 앞으로는 이런 일이 안 생길 거라 믿었다. 하지만 그건 착각이었고 주인은 화가 날 때마다 얼굴에 작은 흉터를 만들어주었다. 이미 흉해진 얼굴, 흉터가 더 생겨도 상관없지 않으냐고 말하면서…….

그리고 열여섯이 되었을 때, 주인은 가면을 주었다. 보기 흉하니 쓰고 다니라고……. 이미 소녀를 아는 모든 사람들이 그 얼굴만 보고도 눈살을 찌푸리며 고개를 돌릴 때였다.

고개를 돌리는 정도에서 그치면 다행이었다. 때리는 사람들도 있었다. 그들은 주인과 친한 사람들로, 귀문 문주의 제자들이었다.

그리고 주인은 어느 날 큰 사고를 치고 후원에 감금당했다. 그때 이 지긋지긋한 고생에서 해방되었다고 기뻐했다. 하지만 그것도 잠시였다. 곧 자영영이란 새로운 주인을 모셔야 했고, 그러지 않으면 죽을 수밖에 없었다.

은 한 냥.

오래전 그 은 한 냥에 팔려온 것이 한스러웠다. 아직도 생생하게 기억하는 그날 시작된 악몽이 아직도 끝나지 않았다. 언젠가…… 귀문에서 해방될 때 모두 갚아줄 생각이었다. 단 하나도 빼놓지 않고 모두…….

*　　*　　*

다루에 들러 지나가는 사람들을 쳐다보며 차를 마시고 있자니 기분이 좋았다. 오랜만에 귀문을 나와 한가롭게 홀로 거리를 걷는 것도 좋은 일이라고 여겼다.

'삼 년 만인가……?'

추야장은 삼 년 전 마지막으로 외유를 나온 기억을 떠올렸다. 지금 집을 나간 삼부인과 함께 종남산을 유랑하던 시절이었다. 그때의 기억이 떠오르자 기분이 좋았다. 하지만 곧 마음은 착잡해졌다. 삼부인이 왜 집을 나갔는지 잘 알기 때문이다.

'사이좋게 지내지 못하는 것인가……?'

추야장은 이부인을 떠올리며 안색을 굳혔다. 삼부인은 이부인이 목숨을 위협했기에 떠난 것이 분명했다.

처음에는 그럭저럭 지낸다고 생각했다. 사이가 좋아지지 않더라도 서로 안 만나면 그만이라고 생각했다. 그러나 자신이야 이부인을 안 보면 그만이나 삼부인과 이부인이 안 만난다고까지는 장담할 수 없었다. 그리고 최근에 들어서야 측근을 통해 요 근래 이부인이 삼부인의 목숨을 위협했다는 사실을 알았다.

그래서 이렇게 직접 문을 나온 것이다. 혹시라도 이부인의 측근이 먼저 삼부인을 만나 죽이기라도 하면 큰 문제이기 때문이다. 물론 그런 일이 생긴다면 단 한 명도 살려둘 생각이 없었다.

추야장은 시선을 돌려 사람들 사이를 헤치며 다가오는 젊은 청년을 쳐다보았다. 청년은 자색 비단옷을 입고 있었으며 이목구비가 뚜렷하고 피부도 고와 한눈에도 잘생겼다는 말이 나올 정도로 인물이 좋았다.

청년도 곧 추야장을 발견하고 다루로 들어와 앞에 앉았다. 그는 추야장의 넷째 제자인 감록이었다. 추야장의 다섯 제자 중 가장 인기 많은 인물로, 성품도 좋아 추야장이 가장 아끼는 제자였다.

"스승님을 뵙습니다."

청년은 손에 들고 있던 섭선을 접고 인사했다. 추야장은 가볍게 고개를 끄덕이며 물었다.

"그래…… 찾았느냐?"

"예……. 종남산으로 향하는 중입니다."

감록의 대답에 추야장은 짧게 숨을 내쉬며 고개를 끄덕였다. 자신도 삼부인이 종남산에 갈 거라 생각했다. 처음 만난 곳이 종남산이었기 때문이다.

"호위는?"

"시비 둘이 다입니다."

"걱정이군……. 네가 먼저 가서 호위하거라. 천천히 따라갈 테니까."

"알겠습니다."

감록은 곧 자리에서 일어나 빠르게 밖으로 나가 사람들 틈으로 사라졌다. 추야장도 차를 한 잔 더 마신 후 자리에서 일어섰다. 잠시 들를 곳이 있었다.

점심 식사를 마친 자영영은 한가롭게 차를 마시며 오후의 한때를 보내고 있었다. 하지만 그 시간도 잠시뿐, 급작스럽게 찾아온 손님으로 인해 한가한 오후는 사라져버렸다.

"스…… 스승님을 뵙습니다."

추야장의 방문에 깜짝 놀란 자영영은 얼른 상석을 양보하고 일어섰다.

"많이 놀란 모양이구나?"

"아니에요. 단지 기별도 없이 오셔서……."

"그냥 이곳에 온 김에 들른 것뿐이다. 그런데 영아가 안 보이는구나?"

"백귀는 삼부인을 찾으러 갔어요."

자영영의 대답에 추야장은 고개를 끄덕이며 차를 따르는 그녀를 쳐다보았다.

"영아에게 해약을 줄 때가 다가온 것 같은데, 해약은 준비했느냐?"

"아직이요. 곧 사람을 보낼 생각이었어요."

자영영의 말에 추야장은 품에서 작은 백색옥병을 꺼냈다.

"일 년 치다. 때가 되면 한 알씩 먹이도록 해."

"알겠습니다."

"그리고 너무 심하게 다루지 마라……. 내가 소려를 가둔 이유 중 하나가 영아에게 너무 심하게 대하기 때문이었다."

그 말에 자영영은 안색을 굳히며 대답했다.

"명심하겠습니다."

그녀의 대답에 만족한 추야장은 곧 찻잔을 손에 쥐고 말했다.

"별다른 일은 없고?"

"특별한 일은 없으나 강북삼도 중 한 명인 쌍환도(雙幻刀) 양초랑이란 자와 풍운회의 장학이 서안에 왔어요."

"그래?"

추야장의 눈빛이 살짝 변하자 자영영은 다시 말했다.

"유람차 왔다고 하네요."

자영영의 부연설명에 추야장은 미소를 보였다.

"유람이라……. 재미있군. 사람은 붙여두었고?"

"물론이에요. 기회를 봐서 쌍환도를 포섭할 생각이에요. 제 앞마당에 온 이상 쉽게 나가게 할 생각은 없어요."

"재미있는 말을 하는구나……. 너는 쌍환도의 사형이 죽은 묵손이란 사실을 모르고 있느냐?"

"예?"

자영영의 눈이 커지자 추야장은 짧게 숨을 내쉬며 고개를 저었다.

“몰랐던 모양이군……. 총당의 당주라는 자가 그런 사실도 모르다니…… 멀었구나.”

“음…….”

자영영은 추야장이 낮은 목소리로 말하자 고개를 숙였다. 그녀의 등줄기로 식은땀이 흘러내렸다. 비록 화를 내는 모습은 아니었으나 분명 꾸지람이었다. 거기다 자영영은 또 하나 실수한 게 있었다. 장권호라는 사람이 한 명 더 있다는 사실을 말하지 않은 것이다.

“제 불찰이니 용서하세요.”

자영영의 대답에 추야장은 별다른 말을 하지 않았다. 그는 곧 차를 다 마신 후 찻잔을 내려놓았다. 가끔 생각에 잠길 때 추야장은 그렇게 침묵하였다. 자영영은 그런 추야장의 성격을 잘 알기에 입을 굳게 다물고 추야장의 말이 흘러나오길 기다렸다.

“처리해.”

짧고 낮은 목소리였다. 꽤 신중한 말이었고 확고했다. 그 말에 자영영의 표정이 굳어졌다. 쌍환도나 장학은 쉽게 상대할 수 있는 인물들이 아니기 때문이다.

“내 사형이 누군가의 손에 죽었다면…… 당연히 나는 그 원수를 찾아가겠지……. 나라면 말이야. 그런데 나 같은 생각을 가진 사람들은 매우 많지. 원한은 갚아야 한다고 생각하지 않겠나?"

추야장의 목소리에 자영영은 미미하게 고개를 끄덕였다.

"저라도…… 그럴 거예요."

"아무래도…… 풍운회와의 문제가 끝났지만 역시 개인적인 원한은 안 끝난 모양이군. 후후……."

추야장은 재미있다는 듯 미소를 보인 후 자리에서 일어섰다.

"이만 가봐야겠다. 종남산으로 갈 테니 그렇게 알아라."

"아……."

자영영은 추야장의 말에 삼부인이 종남산에 있다는 것을 알았다. 자영영은 빠르게 허리를 숙이며 말했다.

"분부하신 대로 처리하고 저도 뒤따르겠습니다."

"그래."

추야장은 고개를 끄덕인 후 천천히 밖으로 나갔다. 그가 나가자 자영영은 곧 수하들을 불러 모았다. 오늘 안으로 추야장이 시킨 일을 마무리해야 했기 때문이다. 어차피 처리하는 방식에 대해선 언급이 없었던 만큼 알아서 할 생각이었다.

* * *

늦잠을 자고 일어나서 그런지 해는 중천에 떠 있었다. 지친 표정으로 일어난 양초랑은 주변을 둘러보다 장권호와 장학이 없다는 사실에 미간을 찌푸렸다. 얼마 지나지 않아 말끔한 차림을 한 장학이 들어왔고 그 뒤로 장권호가 들어오자 양초랑은 더더욱 미간을 찌푸렸다. 자신이 가장 게으른 사람처럼 보였기 때문이다.

"뭐하십니까? 출발해야지요. 이곳에 오래 있어봤자 좋을 게 없습니다."

장학의 말에 양초랑은 알았다는 표정으로 하품을 하고 일어나 밖으로 나갔다. 그가 나가자 장학과 장권호는 짐을 정리하기 시작했다. 그러다 장권호가 어깨에 검을 메고 손에 도를 드는 모습에 장학은 궁금한 듯 물었다.

"검법과 도법을 동시에 하십니까?"

장학의 물음에 장권호는 고개를 저었다.

"그렇지는 않지만 검을 들면 검법을 하는 것이겠고…… 도를 들면 도법이지 않을까? 후후……. 무공이란 게 손에 어떤 무기를 드느냐가 중요한 건 아니지 않나?"

"그건…… 음…… 그렇지요."

장학은 장권호의 말에 조금 미묘한 표정으로 고개를 갸웃거리다 대답했다. 장권호의 말이 틀리지는 않았기 때문이다.

"먼저 나가지."

"예. 빨리 준비하고 가지요."

장학의 대답에 장권호는 그를 남겨놓고 밖으로 걸어 나갔다.

객잔을 나온 장권호는 길 맞은편에 소면을 파는 노점이 보이자 그곳으로 갔다. 문득 먹고 싶다는 생각이 들었기 때문에 그는 빈자리에 앉았다. 인상 좋은 아주머니가 만든 뜨거운 김이 피어나는 소면을 받은 장권호는 젓가락을 들었다. 그때 사람들 사이로 상당한 숫자의 무사들이 몰려나와 객잔을 둘러싸기 시작했다.

전에도 본 적 있는 복장의 무사들이었는데, 분명 노국표국과 함께 오는 길에 산중에서 만난 자들이었다. 그들의 출현에 호기심도 일어났지만 일단 면이 불기 전에 소면을 먹는 게 중요했기에 장권호는 젓가락을 움직였다.

객잔 밖으로 나온 장학과 양초랑은 어리둥절한 표정으로 귀문의 무사들을 쳐다보았다. 족히 이십 명은 넘어 보이는 인원이 흉흉한 살기를 발출하고 있었다.

그들 사이로 마행의 모습이 보이자 장학은 그를 향해 미소를 보이며 말했다.

"이거, 우리가 무슨 큰 실수라도 한 모양이오?"

장학의 말에 마행은 그저 비릿한 조소만 보일 뿐 대답이 없었다. 그러자 장학은 양초랑을 향해 시선을 던지며 말했다.

"쉽게 나가긴 힘들 것 같습니다."

"그렇겠군……."

양초랑은 도의 손잡이를 잡으며 고개를 끄덕였다.

"우리가 무슨 실수를 하긴 한 모양인데…… 이상하게 실수한 기억이 없단 말이야. 이곳에서 귀문과 싸우고 싶지 않아서 실수하지 않으려고 꽤나 조심했거든?"

양초랑이 마행을 향해 말하자 마행은 곧 조소를 거두곤 외쳤다.

"둘 다 죽여!"

그의 외침과 동시에 검을 손에 쥔 귀문의 순찰당 무사들이 일제히 장학과 양초랑을 덮쳤다. 그 모습에 놀란 사람들이 더더욱 거리를 두며 물러섰고, 장학과 양초랑은 안색을 바꾸며 서로 등을 맞댔다.

"이거 미치겠네!"

"하하하하! 백주대낮에 살인을 하려 하다니, 역시 귀문이로구나!"

장학과 양초랑의 외침에 마행은 신경도 안 쓴다는 표정으로 말했다.

"우린 그래도 되네. 귀문이니까."

마행의 말을 들은 장학과 양초랑은 소면을 먹고 있는 장권호의 뒷모습을 한 번 본 후 신형을 돌렸다.

"일단 피합시다!"

"제길!"

장학이 외침과 동시에 객잔의 지붕을 넘어 날듯이 뛰어갔고, 양초랑이 그 뒤를 따랐다. 둘의 신형이 지붕과 지붕을 지나 성 밖으로 향하자 순찰당의 무사들이 일제히 그들의 뒤를 쫓기 시작했다.

그 모습을 바로 옆 거각의 높은 곳에서 내려다보던 자영영도 천천히 내려와 뒤따르기 시작했다.

거리로 내려와 걸음을 옮기던 자영영의 뒤로 십여 명의 무사들이 따랐는데, 그들은 순찰당과는 다르게 검은 무복을 걸치고 있었고 흑색 피풍의를 두르고 있었다. 피풍의의 중앙에는 붉은 색으로 귀마(鬼魔)라는 글이 쓰여 있었다. 귀문에서도 악명 높은 귀마대(鬼魔隊)였다.

"순찰당의 실력으로는 저들을 궁지에 몰 수 없지. 토끼몰이의 끝은 귀마대가 맡아야 해."

"알겠습니다."

"먼저 가."

"예."

자영영의 말에 단 두 명의 귀마대원만 남고 나머지 여덟 명이 빠르게 지붕을 넘어 성 밖으로 사라졌다. 그 모습에 만족한 표정을 보이던 자영영은 장학과 양초랑이 머물던 객잔을 여유로운 걸음으로 지나갔다.

탁!

탁자를 때리는 듯한 갑작스러운 소리에 자영영의 걸음이 멈춰졌다. 탁자를 내리친 것치고는 그 소리가 강맹했다. 고작 노점 따위에서 날 만한 것이 아니었다. 그녀는 소리가 난 곳을 쳐다보았다. 그곳에 검은 옷을 입은 사람의 뒷모습이 보였고, 그 사내가 탁자에 젓가락을 소리 나게 내려놓은 것을 알았다.

"얼마지요?"

장권호는 놀란 듯 서 있는 아주머니에게 가격을 물었다.

"세…… 세 푼이에요."

아주머니의 말에 동전 세 푼을 내려놓은 장권호는 자리에서 일어나 신형을 돌려 자신을 노려보고 있는 자영영을 쳐다보았다.

자영영은 젓가락을 소리 내어 내려놓은 인물이 어디선가 본 인물이란 생각이 들었다. 장권호는 자영영을 한 번 보더니 아무렇지도 않게 신형을 돌려 천천히 걸음을 옮겨갔다. 그가 향하는 곳은 성문이 있는 곳이었다.

자영영은 딱히 기억이 나는 인물이 아니란 사실에 아미를 찌푸렸다. 하지만 분명 청년이 탁자를 내려칠 때 강맹한 소리가 흘렀다. 그런 소리를 보통 사람이 낼 수 있을 리 없는데다 청년의 등에 걸린 검과 손에 들린 도가 무인이란 것을 말해주었다. 그러나 여전히 누구인지 기억이 나지 않았기에 그녀는 확인해야겠다고 생각했다.

"멈춰라."

자영영의 목소리가 낮게 울렸다. 분명 장권호의 귀에도 들렸을 테지만 장권호는 마치 못 들은 사람처럼 걸었다. 그 모습에 자영영은 화난 듯 눈을 치켜뜨며 좌우에 선 귀마대원에게 시선을 던졌다. 그러자 두 귀마대원이 번개처럼 장권호의 앞을 막아섰다.

"……?"

장권호는 자신의 앞을 막아선 귀마대원 두 명을 쳐다보았다. 그들 때문에 앞이 막혀 자연스럽게 걸음을 멈춰야 했다.

"멈추라고 했어."

장권호는 뒤에서 들리는 목소리에 슬쩍 시선을 던졌다. 그러자 자영영은 허리에 손을 얹고는 장권호의 앞으로 걸어와 멈춰 섰다. 귀마대는 자연스럽게 자영영의 뒤로 빠졌다.

장권호는 길을 막고 서 있는 그녀를 잠시 쳐다보았다. 상당한 미인이었기에 당연히 시선이 갈 수밖에 없었는데, 특히나 입술이 매력적으로 보였다. 자영영은 그의 시선이 조금 뜨겁다고 생각되었는지 안색을 바꾸었다.

"뭘 그렇게 쳐다봐?"

자영영의 차가운 목소리에 장권호가 입을 열었다.

"나는 앞을 보고 있는데 소저가 그 앞을 막았소. 그럼 어딜 봐야 하오?"

장권호의 물음에 자영영은 잠시 당혹스럽다는 듯 눈을 크게 떴다. 그러다 어이없다는 듯 헛웃음을 한 번 보인 그녀는 싸늘한 표정으로 장권호를 노려보았다.

"나는 나를 본 사내새끼들을 살려두지 않아."

"그럼 오늘 나는 죽는 것이오?"

장권호의 물음에 자영영은 다시 한 번 어이없다는 듯 장권호를 쳐다보았다.

"네놈은 내가 누구인지 모르는 모양이구나?"

"알고 있소. 자 소저가 아니오? 귀문의 셋째 제자라고 들었는데?"

장권호의 말에 자영영은 다시 한 번 당황했고, 놀란 얼굴로 장권호를 바라보았다. 그러다 살기를 보였다.

"내가 누구인지 알면서도 내 앞에서 그렇게 뻣뻣하다니, 참으로 건방지구나."

그녀의 말에 장권호는 가벼운 미소를 입가에 걸었다.

"귀문이란 이름을 등에 업고 나를 핍박하는 수작이오?"

장권호의 말에 자영영의 어깨가 미미하게 흔들렸으며 눈동자에 분노가 담겼다. 장권호의 말은 분명 자영영을 놀리는 것이었고, 그녀를 무시하는 말이었으며, 자존심을 상하게 하는 말이었다. 그런 말을 듣고도 화를 안 낼 사람이 과연 있을까?

쉬쉭!

귀마대의 두 명이 눈 깜짝할 사이에 장권호의 목에 검을 겨누었다. 두 개의 검날이 교차되어 가위와 같은 모습으로 장권호의 목을 겨누자 은빛 검날이 섬뜩하게 반짝였다.

그 모습에 자영영은 조소를 입가에 걸더니 한 걸음 다가왔다.

"나를 알고 있으면서도 이렇게 놀리다니, 놀라운 놈이로군. 그런데 우리가 어디서 본 적이 있던가?"

장권호는 목에 검이 겨누어져 있어도 크게 표정이 변하지 않은 상태였고 자영영의 질문에 다시 한 번 미소를 보였다. 그 모습에 자영영의 눈동자가 차갑게 번뜩였다. 금방이라도 목을 자르고 싶지만 더더욱 고통을 줘야겠다는 생각이 문득 들었다. 그리고 마음에 들었다. 목에 검을 겨누고 있는데도 여유 있는 모습이…… 그런 사내를 지금까지 단 한 번도 본 적이 없었기 때문이다.

"분명히 어디서 본 기억이 있어……. 생각이 안 나서 그렇지만."

자영영의 말에 장권호가 말했다.

"며칠 전, 내가 노국표국과 함께 서안으로 올 때 만나지 않았나? 표물을 살핀다고 했던 것으로 기억하는데."

"……!"

자영영의 눈동자가 순간 커졌다. 그때 양초랑과 장학 옆에 있던 한 사내의 얼굴과 지금 보는 청년의 얼굴이 겹쳤기 때문이다. 그때는 양초랑 때문에 신경도 안 쓰던 사내였다. 기억에서 지워진 얼굴이 다시 나타나자 자영영은 어이없으면서도 황당한 듯 장권호를 쳐다보았다.

"이름이 뭐였지? 처음 들어본 이름이라 기억에서 지워졌지 뭐야."

"장권호."

"아…… 장권호……."

자영영은 선선히 고개를 끄덕였다. 그리곤 차갑게 귀마대원들을 쳐다보자 귀마대원들이 겨둔 두 개의 검날이 장권호의 목살을 살짝 파고들었다.

주륵!

목 양쪽에 난 상처에서 흘러나온 핏방울이 목을 타고 가슴쪽으로 흘러내렸다. 장권호의 표정이 굳어졌다.

"좋은 얼굴이군. 그런 얼굴을 기억 못하다니, 내가 사내 보는 눈을 더 길러야겠어. 네놈, 마음에 들어……. 그렇게 뻣뻣하게 서 있는 자세가 말이야."

자영영은 만족한다는 듯 미소를 보인 후 다시 말했다.

"하지만 건방져……. 나는 건방진 사내를 매우 싫어하지. 지금이라도 꿇어앉으면 용서해주겠다. 꿇어앉아 잘못했다고 빌면 말이야. 사내는 자존심이 목숨보다 강하다고 하는데, 사실…… 그런 사내를 내가 한 명도 본 적이 없거든."

마치 시험이라도 하겠다는 표정으로 자영영은 팔짱을 끼며 말했다. 그녀의 말이 끝나자 검날이 좀 더 살을 파고들어왔다.

자영영은 어서 꿇으라는 표정으로 쳐다보고 있었으며 장

권호는 굳은 표정으로 자영영을 쳐다보았다.

'어서…… 꿇어…….'

자영영은 뭔가를 기대하는 표정으로 장권호를 노려보았다. 기개 있는 사내가 자신 앞에 무릎 꿇는 것만큼 희열이 느껴지는 일도 없기 때문이다.

탁!

장권호의 도가 땅에 떨어지자 자영영은 온몸을 미미하게 떨었다. 자신도 모르게 희열이 느껴졌기 때문이다. 아무리 기개 있고 자존심이 강한 사내라 해도 결국 자신 앞에 무릎 꿇게 된다는 사실에 다시 한 번 전율을 느꼈다.

그런 마음에 장권호가 어서 무릎을 꿇기를 기대하며 침을 삼켰다. 그때, 장권호의 신형이 자영영의 시야에서 사라졌다.

"……!"

자영영이 눈을 부릅떴고, 귀마대의 두 명 중 왼편에 서 있던 한 명의 목이 돌아가는 모습이 부릅뜬 눈에 잡혔다.

"어?"

자영영은 뭔가 잘못된 것 같다는 생각이 뇌리를 스쳤다. 그리고 오른편에 서 있던 귀마대의 목이 돌아가는 것이 눈에 들어온 뒤 장권호가 보였다. 그는 바로 눈앞에 서 있었다. 불과 반보의 거리에 서 있는 그를 자영영은 저도 모르게 올려보았다.

"헉!"

자영영은 너무 놀라 뒤로 한 걸음 물러섰다. 자신을 내려다보는 장권호의 모습이 너무 거대하게 보였기 때문이다. 그 강한 기도와 강렬한 안광에 전신에서 힘이 빠져나가는 기분이 들었다.

털썩! 털썩!

그때 장권호의 신형 뒤로 귀마대의 두 대원이 바닥에 힘없이 쓰러지는 모습이 보였다. 자영영은 번개처럼 다시 한 걸음 물러서며 검을 뽑으려 했다. 그때 장권호의 신형이 거짓말처럼 앞에 나타나 검을 뽑으려는 자영영의 손을 잡았다.

탁!

"헉!"

다시 한 번 자영영은 놀란 표정으로 장권호를 쳐다보았다. 지금 자신이 꿈을 꾸고 있는 것인지 착각이 들었다.

자영영은 검을 뽑지도, 그렇다고 검을 다시 넣지도 못하였다. 장권호에게 손을 붙잡힌 채 반보보다 더 좁은 거리를 두고 있는 그의 얼굴을 마주 보며 몸을 떨 뿐이었다.

"넌 누…… 누구냐?"

자영영은 침착하기 위해 노력했으나 장권호의 강렬한 기도에 위축됨을 느껴야 했다. 장권호는 지금까지 이런 기도를 숨기고 있었던 것이다.

"장권호."

이름을 말한 장권호의 기도가 순식간에 사라지자 자영영은 더욱 놀란 표정으로 그를 쳐다보았다. 장권호는 곧 손을 놓으며 말했다.

"여자는 죽이지 않아. 안심하라고."

슥!

장권호의 낮은 목소리가 귓가에 울리고 지나치자 자영영은 자신도 모르게 어깨를 떨었다. 동공이 풀린 채 멍한 표정을 짓고 있던 그녀는 어느 순간 정신을 차린 듯 신형을 돌렸다.

하지만 장권호의 모습은 보이지 않았고, 지금까지 일어난 일을 구경하던 수많은 사람들만 보일 뿐이었다.

자영영은 싸늘한 표정으로 사람들을 노려보다 곧 빠른 걸음으로 사람들 사이로 걸어 나갔다. 그녀의 머릿속에 장권호란 사내의 이름이 마치 못처럼 박혔다. 그리고 수하들의 안위가 걱정되었다. 장권호가 장학과 양초랑의 동료이기 때문이다. 동료를 쫓아간 것이 분명한 장권호가 수하들에게 무슨 짓을 할지 걱정될 수밖에 없었다.

* * *

"크악!"

인적이 없을 것 같은 깊은 산중에 비명소리가 메아리처럼 멀리 퍼져나갔다.

털썩!

목이 반쯤 잘린 사람이 바닥에 쓰러졌다. 귀문의 순찰당에 소속된 무사였는데 억울한 듯 눈을 부릅뜨고 있었다. 그 옆에 두 사내가 서로의 등을 마주 대고 서 있었다.

"상당히 힘든데……."

"지치는데요."

장학과 양초랑은 땀을 흘리며 아직도 끝이 보이지 않을 만큼 남아 있는 무사들을 노려보았다. 바닥에 쓰러진 시신들만 해도 벌써 이십여 구가 넘었다. 모두 장학과 양초랑의 손에 의해 죽은 자들이다.

잠시 소강상태에 접어들어 서로를 노려보며 불어오는 바람에 땀을 식히고 있을 때, 귀문 순찰당의 무사들을 넘어오는 또 다른 무사들이 있었다.

쉭!

검은 피풍의를 두른 사내가 장학의 면전 앞으로 바람처럼 다가왔다. 그자의 검이 번개처럼 목을 베어오자 장학은 재빠르게 검을 들어 막은 뒤 곧바로 그자의 빈 가슴에 역공을 가했다.

따당!

큰 금속음이 울리고, 가슴을 찔러오는 장학의 검을 쳐낸 귀마대원은 반보 물러섰다. 그러자 다른 귀마대원이 모습을 나타냈다.
“이런……. 좀 나은 놈들인데요?”
장학은 살짝 미간을 찌푸리며 말했다. 순찰당의 무사들과 달리 검에 실린 힘이 강맹했기 때문이다.
“그래? 이거 곤란한데…….”
양초랑은 입맛을 다시며 중얼거렸다. 하지만 크게 걱정하는 표정은 아니었다. 어차피 싸울 상대들이라면 미리 만나는 것도 좋다고 여긴 것이다.
“아직 몸이 안 풀렸는데 말이야…….”
양초랑은 살짝 미소를 보인 후 한 발 앞으로 나섰다. 그러자 장학이 놀란 듯 말했다.
“혼자 상대하기에는 힘들 것입니다.”
“나 쌍환도야…… 쌍환도……. 좀 전까지는 준비운동이었다고.”
양초랑은 눈을 부릅뜨며 장학에게 말한 후 가볍게 쌍도를 몇 번 휘두르더니 곧 귀마대를 한 번 둘러보았다.
“준비운동은 이쯤에서 끝내기로 하지.”
양초랑의 말에 귀마대의 여덟 명은 어이없다는 듯 그를 쳐다보더니 이내 분노한 듯 강한 기도를 발산하기 시작했다.
“쳐라!”
순간 가장 중앙에 있던 중년인의 외침에 귀마대원의 그림자들이 빠르게 양초랑을 덮쳤다.

쉬쉭!

두 개의 검날이 마치 번개처럼 빛을 발하며 좌우에서 날아들자 양초랑은 오히려 중앙에 서 있는 중년인을 향해 마치 활시위를 떠난 화살처럼 튕겨나갔다.

"흡!"

양초랑이 오히려 달려들 거란 생각을 못 했는지 중년인의 표정이 굳어졌다. 하지만 그것은 찰나였다. 중년인의 손에 검이 뽑히는 것과 동시에 십여 개의 섬광이 피어났다.

파팟!

십여 개의 섬광이 양초랑의 신형을 수십 조각으로 잘라버릴 듯했으나 양초랑의 쌍도는 그보다 많은 수십 개의 도 그림자를 만들며 중년인을 베어갔다.

따다다당!

요란한 금속음이 울린 직후, 중년인은 뒤로 물러서야 했다. 양초랑의 도가 자신의 검날을 모두 막은 후 베어왔기 때문이다.

쉬쉭!

양초랑의 도날을 피하며 연신 몸을 움직이던 중년인의 이마에 땀방울이 맺혔다. 그러던 순간, 그의 눈 사이에서 도날이 빛을 번뜩였다.

"큭!"

중년인은 재빠르게 허리를 숙이며 뒤로 튕겨나갔다. 그 찰나, 양초랑의 우도가 중년인의 잔상을 베어버리며 허공을 갈랐다.

"어딜!"

양초랑은 뒤로 물러선 중년인을 향해 다시 한 번 다가가려 했다. 선기를 잡았으니 언제 다시 올지 모를 기회를 놓치지 않고 끝장을 봐야 하기 때문이었다. 하지만 좌우에서 날아드는 두 개의 검날에 양초랑은 신형을 멈추며 재빠르게 반회전하여 검날을 튕겨냈다.

따당!

상당한 내력이 담긴 두 검을 막으니 그 반탄력에 움직임이 잠깐 멈췄으나, 양초랑은 곧바로 한 번 더 반회전하며 두 귀마대의 허리를 쌍도로 베었다.

"컥!"

찰나의 순간에 허리를 베인 우측의 귀마대원이 비틀거리더니 바닥에 쓰러졌다. 하지만 좌측에 서 있던 귀마대원은 반보 물러나 양초랑의 도날을 피할 수 있었다. 그 귀마대원의 이마에서 식은땀이 흘러내렸다. 조금만 늦었어도 자신 역시 동료처럼 누워 있을 게 분명했기 때문이다.

"아쉽군."

양초랑은 자세를 바로잡으며 귀마대를 둘러보았다.

따다당! 땅!

"크악!"

그때 그의 귓가에 비명과 함께 요란한 금속음이 들려왔다. 시선을 돌리자 장학을 몰아치는 순찰당의 무사들이 보였다. 양초랑은 저도 모르게 눈살을 찌푸렸다. 심리적으로 흔들린 것이다. 지금은 버틸지 모르지만 좀 더 시간이 흐르면 장학도 버티지 못할 것이다.

횡! 횡!

양손에 들린 도로 가볍게 원을 그린 양초랑은 중년인을 향해 말했다.

"빨리 끝내지. 귀찮은데."

"이노옴!"

휘릭!

중년인이 외침과 함께 강력한 기도를 뿌리며 양초랑에게 다가갔다. 그러자 귀마대원들이 반보씩 뒤로 물러섰다.

쉬쉭!

검빛을 어지럽게 흩뿌리며 다가오는 중년인의 모습에 양초랑의 표정이 굳어졌다. 그리고 상대가 의외로 고수라는 사실을 알았다. 다가오는 걸음에서 엿보이는 보법만으로도 알 수 있었다.

쉬악!

중년인의 검날이 두 개의 흐릿한 잔상을 보이며 바람처럼 베어오자 양초랑은 반회전하며 앞으로 나아가 십여 개의 도영(刀影)을 만들었다. 도가 닿을 간격 이내에 중년인이 들어왔고, 양초랑 역시 중년인의 검세 속으로 들어갔다.
쉬쉭!
두 사람의 검과 도가 불과 두 걸음 사이에서 허공을 갈랐고 두 사람은 천천히 원을 그리며 움직였다.
따당!
밑에서 베어오는 양초랑의 좌도를 검면으로 막은 중년인은 곧바로 양초랑의 목을 찔렀다. 하지만 양초랑의 우도가 중년인의 검을 막았다.
땅!
금속음이 울리고, 중년인의 신형이 반보 물러서는 것 같더니 번개처럼 다시 다가서며 양초랑의 눈을 찔렀다. 인간이 가장 막기 어려운 곳 중에 하나가 바로 눈이었고, 중년인은 그 사실을 매우 잘 아는 듯했다.
땅!
"크!"
도면을 들어 찔러온 검을 막은 양초랑은 강력한 반탄력에 뒤로 반보 물러섰다. 그때를 놓치지 않고 중년인의 검이 양초랑의 복부와 미간을 빠르게 찔러왔다. 양초랑은 쌍도를 가슴 앞에 모아 풍차처럼 원을 그리며 막으려 했다.
"흣!"
양초랑의 행동에 중년인은 마치 그럴 줄 알았다는 듯 다시 반보 물러서며 검을 당겨 빼내더니 허공에 칼질을 한 양초랑의 미간을 향해 검을 찔렀다. 그 순간 중년인의 검 끝에서 작은 꽃봉오리와 함께 십여 개의 꽃잎이 피어나자 양초랑의 눈동자가 커졌다.

"검화!"

휘리리릭!

양초랑의 쌍도가 순간적으로 수십 개로 늘어나 마치 천수관음의 손처럼 부채 모양을 만들었다. 그 한 수에 중년인의 눈동자도 커졌다.

팍!

중년인의 검과 양초랑의 쌍도가 서로 부딪힌 순간, 작은 파열음이 난 듯하더니 그 수많은 도와 검의 그림자가 사라졌다. 그 자리에서 양초랑의 우도 끝과 중년인의 검 끝이 닿은 채 미미하게 떨고 있었다.

"낙화검법(落花劍法)……. 알고 보니 유 선배로군."

"후후……."

중년인이 비릿한 조소를 남기며 검을 거두자 양초랑도 도를 거두며 뒤로 물러섰다. 양초랑의 이마에서 땀방울이 흘러내렸다.

"당신이 귀문에 있었다니, 놀랍군."

"내가 귀문에 있는 게 놀라운 일인가?"

"공동파의 유정역 선배가…… 그것도 공동파의 절기인 낙화검법을 익혀 사파로 이름 높은 귀문 사람이 되었으니…….

놀랄 일이지."

양초랑의 말에 유정역은 아무렇지도 않다는 듯 말했다.

"내가 익힌 무공으로 호의호식(好衣好食)하며 사는 것뿐이다. 내가 잘살고 싶어서 귀문에 들어온 것이지."

"공동파도 썩었군."

양초랑의 자극적인 말에도 유정역은 별반 반응이 없었다. 양초랑의 말은 유정역에게 부모님을 욕하는 말이나 다름없기 때문에 화를 내는 게 정상이었다. 그런데 유정역은 오히려 그 말에 기분이 좋은지 웃음을 보였다.

"맞아! 썩었어! 썩은 곳이야. 아주 잘 아는구나! 하하하하! 쳐라!"

유정역의 웃음과 외침이 끝나자마자 귀마대의 대원들이 일제히 양초랑에게 달려들었다. 그사이 유정역은 호흡을 가다듬었다. 그 역시도 양초랑만큼이나 지쳤기 때문이다.

"이런 비겁한 새끼야! 네놈만 쉬냐! 썩을 새끼야!"

따다당!

귀마대의 공격을 막으며 양초랑이 외치자 유정역은 오히려 웃으며 손을 들어 보였다. 그 표정이 꼭 혼자만 쉬어서 미안하다고 말하는 듯했다.

"크악!"

그때 순찰당과 장학의 싸움에서 또다시 큰 비명이 터졌다.

"허억! 허억!"

크게 호흡을 뱉고 피에 젖은 검을 든 장학은 상처 입은 늑대 같은 눈을 하고 있었다. 그의 주변에 시신들이 널브러져 있었다.

쉬악!

번개처럼 복부를 찔러오는 순찰당의 무사를 바라보던 장학은 좌측으로 이동하며 왼손으로 무사의 손목을 잡고 힘껏 당기며 검으로 목을 찔렀다.

"크!"

무사가 신음 소리만 흘리고 쓰러진 순간, 여지없이 장학의 목을 잘라오는 검이 있었다. 장학은 재빠르게 반보 뒤로 이동하며 고개를 숙여 피했다. 그때 뒤에서 검날이 튀어나왔다. 장학의 신형이 반회전하며 검을 피했으나 허리에 검상을 입고 말았다. 반응이 점점 느려지고 있는 것이다.

"음……."

장학은 신음을 뱉으며 눈앞을 어지럽히는 십여 개의 검날을 하나씩 읽으며 막아갔다. 그때, 우측에서 강렬한 기운이 날아들었다. 장학의 신형이 번개처럼 반보 물러서며 우측에서 베어오는 도를 막았다.

땅!

"크!"

장학은 신음성을 흘리며 반보 밀려나갔다. 그리고 그 앞에

서 있는 마행을 쳐다보았다. 순찰당의 부당주인 마행이 보다 못해 나선 것이다.

"네놈도 여기까지인 것 같다."

마행은 도를 늘어뜨리며 한 걸음 다가왔고 장학은 한 걸음 물러섰다. 마행이 입가에 싸늘한 미소를 걸치고 강한 기도를 발산하기 시작하자 장학은 지금 상황이 매우 불리하다는 것을 알았다. 그때 숲에서 사람 한 명이 튀어나왔다.

"멈춰라!"

날카롭고 큰 목소리에 장학을 공격하려던 마행은 손을 내리며 뒤로 물러섰고, 귀마대 역시 양초랑을 놓아두고 물러섰다. 목소리의 주인공이 바로 자영영이었기 때문이다.

제4장

사슴을 쫓는 자는 토끼를 못 본다

눈에 무언가 밟히는 것이 있으면 주변의 다른 것을 못 보는 경우가 있다. 물론 나도 마찬가지였다.

며칠 동안 사냥을 위해 온 산을 뒤지고 다닌 적이 있었는데, 그때 우연히도 호랑이를 보았다. 그 호랑이를 잡고 싶은 마음에 또다시 며칠을 산에서 보냈으나 호랑이는 잡지 못하였다. 결국 아무런 수확도 없이 빈손으로 돌아왔었다.

그날 사매에게 호랑이를 쫓아다닌 시간에 토끼라도 잡았으면 열 마리는 잡았을 거란 소리와 함께 바보라는 말을 듣고 말았다. 결국…… 우리는 저녁으로 삶은 감자만 먹어야 했다.

자영영의 뒤로 물러선 유정역은 조금 불만스러운 표정이었다. 조금만 더 시간이 주어졌다면 분명 양초랑과 장학을 모두 죽였을 거라 확신하고 있었기 때문이다. 그런데 자영영은 멈추라는 명령을 하였고, 그 명령에 따라 물러서야 했다. 그것이 불만스러웠다.

마행 역시 그런 마음은 마찬가지였다.

“자 소저를 뵈오.”

지친 표정으로 인사한 뒤 물러선 장학은 나무에 몸을 기대었다. 그 옆으로 양초랑 역시 도를 손에 쥔 채 섰다. 양초랑은 호흡에 정신을 집중하며 조금이라도 원기를 회복하려 했다.

“빌어먹을 새끼들…….”

자영영은 낮게 중얼거리며 죽은 수하들의 모습을 눈에 담았다. 절로 분노가 치밀어 올랐다. 하지만 주변에 장권호가 있는지를 먼저 살펴야 했다. 그자의 무공이 범상치 않았기 때문이다.

좌우를 살피던 그녀는 장권호의 기척이 없다는 것에 조금 의외라고 생각했다. 자영영은 장권호가 아직 중원의 지리에 어두운 것을 모르기에 그리 생각한 것이다.

더구나 자영영은 수하들이 남겨놓은 표식을 따라 이동했으니 쉽게 찾아올 수 있었지만, 장권호는 아니었다. 그저 일행들과 귀문 무사들의 흔적을 더듬어 쫓아야 했기 때문에 조금 시간이 걸릴 수밖에 없었다.
첩첩산중에서 사람을 찾는 게 어디 쉬운 일인가? 결코 쉬운 일이 아니었다. 게다가 장학처럼 추종술을 배운 것도 아니기에 더욱 힘들 수밖에 없었다.
"묻고 싶은 게 하나 있어."
자영영의 낮은 목소리에 양초랑과 장학은 호흡을 가다듬다 그녀를 쳐다보았다.
"뭐가 궁금한데 그러오? 우리에게 궁금한 것도 있소이까?"
장학의 물음에 자영영은 싸늘한 표정으로 물었다.
"너희 동료 중에 장권호라고 있지?"
자영영의 입에서 장권호라는 이름이 나오자 장학과 양초랑은 의외라는 표정으로 그녀를 쳐다보았다.
"그렇소. 그런데 여기에는 보다시피 우리 둘뿐이오. 그런데 왜 묻는 것이오? 우리를 죽이는 일보다 중요한 일이라도 있는 모양이오?"
"중요해."
자영영은 짧게 대답한 후 장학과 양초랑의 지친 표정을 살피고는 다시 물었다.
"그 자식의 문파가 어딘지 아나? 나이는? 출생지는 어디지?"
"인적사항이 궁금한 모양이오?"
장학이 자영영의 물음에 조금 어이없다는 듯 말하자 자영영은 굳은 표정으로 대답했다.

"자세히 알려준다면 목숨을 살려줄 생각도 있어."

"호오……. 상당히 구미가 당기는 거래인 듯하오."

장학의 대답에 자영영은 미소를 보였다. 그러나 장학은 짧게 숨을 내쉬며 고개를 저었다.

"그런데 참 난감하오……. 나도 사실 이름 외에는 거의 아는 게 없다오."

그렇게 말한 장학이 양초랑을 돌아보자 양초랑도 인상을 찌푸리며 고개를 끄덕였다.

"나도 그다지 아는 게 없어."

"무공도?"

"도법을 쓴다는 것 정도일까?"

양초랑의 대답에 자영영은 살짝 눈을 반짝였다. 이들에게 더 이상의 대답을 듣기란 불가능하다는 결론을 내린 그녀는 고개를 저으며 신형을 돌렸다.

"죽여버려."

자영영의 말에 장학과 양초랑이 동시에 외쳤다.

"독한 년!"

"무서운 년!"

둘이 동시에 외친 소리에 자영영의 어깨가 순간적으로 떨렸다. 그녀는 고개를 돌려 표독스러운 눈동자로 양초랑과 장학을 노려보았다. 눈빛만으로도 둘을 죽일 듯했다. 자영영이 직접 움직일까 고민하던 그때, 주위에 모여 있던 귀마대와 순찰당의 무사들이 그녀의 명에 따라 일제히 몸을 움직였다.
"빌어먹을 새끼들……. 껍질을 벗겨주마……."
자영영은 중얼거리며 장학과 양초랑을 노려보다 그들이 수하들과 섞이자 곧 시선을 돌렸다. 순간 자영영의 온몸이 얼어붙은 것처럼 굳어졌다. 그녀의 눈앞에 장권호가 서 있었기 때문이다. 거기다 장권호는 손까지 들어 보였다.
"여! 또 보는군."
장권호의 인사에 자영영은 재빠르게 검을 잡아 뽑았다.
창!
그녀의 검이 검집에서 뽑히며 청명한 음을 발하자 장권호는 슬쩍 미소를 보였다.
"검을 든다고 뭐가 달라지나?"
장권호의 말에 자영영의 눈동자가 흔들렸다. 장권호의 무공을 도저히 자신의 감각으로는 가늠하기 어려웠다. 그게 장권호에게서 두려움을 느끼는 가장 큰 이유였다.
"아까는 방심했을 뿐이야."
자영영은 말을 마치자마자 물이 흐르듯 유려한 걸음으로 장권호를 향해 한 발을 내딛으며 반 장 이내의 거리에 들어섰다. 그때, 장권호의 손이 거짓말처럼 자영영의 오른손을 잡았다.
"헉!"

"미안하군."

뿌득!

"아아악!"

팔이 꺾인 자영영의 입에서 외마디 비명성이 터져 나오자 양초랑과 장학을 공격하던 귀문의 무사들이 일제히 고개를 돌렸다. 그들은 자영영의 팔을 꺾고 그녀의 목을 한 손으로 움켜쥔 장권호의 모습을 보고 혼비백산한 표정으로 돌아와 그를 포위했다.

"웬 놈이냐!"

"이 새끼!"

유정역과 마행이 동시에 외쳤다. 그들은 장권호가 자영영의 목을 금방이라도 꺾을 듯이 움켜쥔 모습에 가슴을 졸이며 살기를 보였다. 그러자 장권호는 여유 있는 표정으로 마행과 유정역을 쳐다보며 물었다.

"이 여자가 중요한 여자인 것 같은데, 맞나?"

유정역은 뭔가 말을 하려다 자영영의 눈동자를 보고 입을 닫았고, 마행은 표정을 바꾸며 대답했다.

"그깟 계집 하나 죽는다고 해서 달라질 건 없다."

"그래? 그럼 죽여야겠네."

장권호는 마행의 대답에 아무런 망설임도 없이 그녀의 목을 잡고 있는 손에 힘을 주려 했다.

"잠깐! 멈춰!"

마행이 그 모습에 놀라 외쳤다. 그는 숨을 헐떡이며 눈을 부릅뜬 자영영을 쳐다보다 곧 장권호에게 말했다.

"중…… 중요한 분이시다……. 뭘 원하느냐?"

조금 전과는 행동과 말이 상반되게 바뀐 그였다. 어설픈 협박이 통할 상대가 아니라는 것을 금세 깨달은 것이다.

"자 소저하고 잠시 동행을 하고 싶은데, 반대는 안 하겠지?"

장권호가 말을 하며 슬쩍 시선을 장학과 양초랑에게 던지자 그들이 재빠르게 장권호의 옆으로 다가왔다.

두 사람을 확인한 장권호는 마행에게 다시 말했다.

"목이 돌아간 자 소저를 보고 싶지 않다면 어설프게 따라올 생각은 버리는 게 좋아. 보고 싶다면 따라오고."

"정파라 자처하는 놈들이 여자를 인질로 삼다니, 참으로 추악하구나."

유정역이 장권호의 말에 참지 못하고 말하자 장권호가 시선을 유정역에게 돌렸다. 장권호는 유정역의 기운이 다른 사람들에 비해 강대하고 정순하다는 느낌을 받았다. 분명 정파의 무공을 익혔을 것이라고 생각했다. 장권호가 말했다.

"누가 나쁜 놈인지 모르겠소. 다수가 소수를 핍박하는 것도 정도에 어긋난 짓이 분명하니 말이오. 난 단지 더 이상 피를 흘리지 않기 위해 최선의 선택을 한 것뿐이오."

장권호는 곧 자영영을 품에 안고 신형을 돌린 후 느긋하게 숲속으로 걸어갔다. 그 뒤로 장학과 양초랑이 뒤따라갔다.

* * *

쾅!

폭음과 함께 종남산에 오르는 대로(大路) 주변이 흔들렸다.

후두둑!

숲속의 수많은 새들이 하늘로 비상했으며, 주변 풀밭에서 놀던 동물들도 어디론가 사라졌다.

"합!"

허공으로 높게 솟구친 육십 대의 노인이 소매를 펄럭이며 강력한 장풍을 쏘았다. 그러자 밑에 있던 반백의 중년인이 검기를 뽑으며 솟구쳤다.

콰쾅!

반백의 중년인이 폭음을 일으키며 장풍을 상쇄시키고, 곧이어 허공에서 둘의 신형이 한참 동안 얽히다가 땅으로 떨어져 내렸다.

"이런 망할 놈을 봤나!"

소매가 잘려나간 노인이 신경질적인 표정으로 반대편에서 있는 중년인을 노려보았다.

"선배는 늙지도 않소? 힘이 여전한 것 같소."

중년인도 조금 피곤한 안색으로 노인을 쳐다보고 있었다.

"란아가 사준 옷인데 잘렸잖아! 이거 어떻게 책임질 거냐!"

노인은 크게 외치며 잘린 소매를 뜯어버렸다. 그리고는 날카로운 눈빛으로 중년인을 쳐다보다 그가 수염을 쓰다듬고 있는 모습을 주시하며 말했다.

"네놈의 그 잘난 수염을 잘라버리면 기분이 좀 풀릴 것 같구나. 흐흐……. 오늘 수염 없는 네놈의 면상을 봐야겠다."

노인의 말에 중년인은 깜짝 놀란 표정으로 말했다.

"이 수염을 기르기 위해 삼십 년을 보냈소이다, 선배……. 쉽게 자를 수염이 아닙니다. 제 자존심을 자르려 하시다니, 너무한 것 아니십니까?"

"말은 되었고, 어디 이것도 받아봐라!"

노인이 크게 외치며 우장을 내밀자 강력한 장풍과 함께 회색 덩어리가 크게 일어나 중년인에게 날아들었다. 중년인은 그 모습에 매우 놀란 듯 외쳤다.

"잘라버리겠습니다!"

쉬아악!

중년인이 외친 직후, 그의 검에서 거대한 빛이 일어나 회색 덩어리를 조각조각 잘라버렸다. 그러고도 힘이 남았는지 여전히 강한 빛이 서려 있는 검 끝이 노인을 향하자 노인이 눈을 부릅뜨고 양손을 뻗으며 외쳤다.

"이런 건방진 놈!"

붉은 장영(掌影)이 노인의 손에서 나타나 중년인을 순식간에 삼켰다.

쾅!

"흡……."

"으음……."

둘의 신형이 또다시 반대쪽으로 밀려나갔다. 거의 서로의 거리가 십 장 가까이 멀어지자 둘은 안색을 바꾸며 누가 먼저랄 것도 없이 바닥에 주저앉았다.

"좀 쉽시다."

"그러자."

둘이 나란히 그렇게 앉아 호흡을 가다듬고 있을 때, 박수를 치며 이십 대 중반의 미인이 모습을 보였다.

"두 장로님들도 참……. 겨우 포자 하나 가지고 이렇게 싸우시면 어떻게 해요. 애들도 아니고……."

그녀는 말을 하며 주변 이십여 장이 거의 초토화된 풍경을 둘러보며 고개를 저었다. 그러자 노인이 재빠르게 고개를 돌리며 억울한 표정으로 말했다.

"란아! 그게 아니다. 겨우 포자 하나가 아니야. 이건 자존심이야. 저놈이 선배를 공경하지도 않고 나보다 하나 더 먹지 않았더냐!"

"아니, 어제 제 몫의 닭다리를 뺏어 드시지 않았습니까?"

중년인도 억울하다는 듯 말했다. 그러자 손란은 미소를 보이며 말했다.

"그만 싸우세요. 어차피 저녁은 요 앞마을에 있는 주루에서 먹을 테니 음식 가지고 싸울 일도 없을 거예요. 제가 술도 사드릴게요."

"정말인가?"

중년인과 노인이 술이란 말에 반색하며 손란에게 다가왔다. 그러자 손란은 미소를 보인 후 조금 굳은 표정으로 다시 말했다.

"마음 놓고 많이 드셔도 돼요. 단, 두 분이 화해를 하셔야 해요."

그녀의 말에 중년인과 노인은 재빠르게 표정을 바꾸었다.

"알았다. 우리 그만 화해를 해야겠다."

"물론입니다, 선배님. 제가 잘못했습니다."

순식간에 화해하는 두 사람이었다. 좀 전에 서로를 죽일 듯 싸우던 사람들인지 의심이 들 정도였다. 하지만 손란은 놀라지 않았다. 늘 보던 모습이기 때문이다.

"다른 애들은?"

"물을 뜨러 갔어요. 두 분 장로님께서 목이 마르실 거 같아서 시켰어요."

"아이고, 마음도 착해라. 힘을 좀 썼더니 물이 마시고 싶긴 하지."

노인의 말에 중년인도 칭찬했다.

"그놈에게는 아까워……. 우리 란이는 좀 더 착하고 잘생기고 멋진 나 같은 놈에게 시집을 갔어야 했는데 말이야. 그놈에게는 정말…… 미안한 말이지만 란아, 네가 아깝구나."

"저 말입니까?"

"헉!"

뒤에서 들리는 목소리에 놀란 표정으로 중년인이 고개를 돌렸다. 어느새 그들 앞에 추야장이 나타나 서 있자 노인과 중년인의 안색이 변하였다.

"권 장로님과 곽 장로님……. 정말 두 분 장로님들은 여전하십니다."

추야장은 초토화되어버린 주변 모습을 둘러보다 고개를 저었다.

"그리고 제 욕을 하시려면 좀 더 멀리 가서 하셨어야지요. 다 들립니다."

추야장의 말에 반백의 중년인 곽태는 고개를 저으며 조용히 뒷걸음으로 멀어졌다.

"나는 자네를 욕한 적이 없다네. 단지 타박했을 뿐이지……. 쯧! 부인을 혼자 두면 쓰나. 나는…… 험! 험! 갑자기 일이 생겨서 이만 가보겠네."

휘릭!

곽태가 번개처럼 땅을 차고 나무를 넘어가자 노인 권비석은 수염을 쓰다듬으며 천천히 뒤로 물러났다. 그는 밝게 웃으며 말했다.

"내 할 일도 끝났으니 이만 가지……."

휘릭!

그 역시도 곽태의 뒤를 따라 사라지자 추야장은 곧 고개를 저으며 손란의 옆에 섰다. 그녀는 추야장이 나타난 순간부터 입을 닫고 있었다. 추야장은 그런 손란의 손을 가만히 잡았다. 손란은 자신의 손을 잡는 추야장의 손을 거부하지 않았다.

"왜 나간 것이오?"

추야장의 물음에 손란은 아무 말도 못한 채 가만히 고개를 숙였다. 추야장이 너무 급작스럽게 나타난 데다 어떤 말을 해야 할지 아직 정리가 안 되어 당황하고 있었다.

"왜 나간 것인지 묻지 않소?"

추야장은 여전히 부드러운 목소리로 물었다. 그녀가 나간 것에 화가 나기도 했지만 지금은 단지 이렇게 있는 것만으로도 좋았기에 기분이 많이 풀린 상태였다.

"휴우……."

추야장은 깊은 숨을 내쉬며 손란의 손을 잡고 천천히 걷기 시작했다. 그 뒤로 물을 떠온 두 명의 호위들이 십여 장 가까이 떨어진 곳에서 뒤따라 걸었다. 그들은 모두 이십 대 중반의 여성들로, 손란의 친구이자 호위였다.

추야장이 말했다.

"진진 때문에 나간 것이라 들었소. 진진이 당신을 핍박했다 하더군. 내 너무 늦게 알아 참으로 미안하오. 그러니 이제 집으로 돌아갑시다. 이제는 진진이 당신을 핍박하는 일이 없을 것이오."

손란은 그 말에 처음으로 입을 열었다.

"너무…… 언니를 나무라지 마세요. 저라도…… 그랬을 테니까요."

손란의 말에 추야장은 잠시 걸음을 멈추었다. 어떤 말인지 이해가 안 되었기 때문이다. 그러자 손란이 다시 말했다.

"당신이 언니를 싫어하니…… 제가 그만큼 힘든 거예요. 당신의 무관심을 제게 풀려고 한 것뿐이니까요. 그러니…… 잘해주세요."

손란의 말에 추야장은 잠시 입을 다물었다. 아무리 손란의 말이라곤 하나 들어줄 수가 없는 말이었다. 곧 추야장이 말했다.

"좀 걸읍시다……. 그러고 보니 당신에게 못 한 말이 참 많은 것 같소……."

추야장은 그렇게 말하며 손란의 손을 이끌고 종남산을 천천히 오르기 시작했다.

* * *

추야장에게 있어서 손란은 매우 특별한 사람이었다. 다른 부인들과는 달리 손란은 자신이 정말 좋아하는 여자였기 때문이다.

첫 번째 부인인 제선선은 야망을 위해 어쩔 수 없이 선택한 사람이었다. 그녀를 만난 것은 불과 열아홉 살 때였고 당시 제선선은 열일곱 살이었다. 제선선은 당시 수정궁주가 가장 아끼는 제자였다.

추야장은 수정궁의 힘을 등에 업을 생각으로 그녀와 만났다. 제선선 역시 그런 추야장을 거부하지 않았다. 오히려 좋아했다고 해야 할까? 야망 있는 사람을 좋아한 제선선은 추야장을 기꺼이 받아들였다.

그렇게 하룻밤을 보낸 그들은 금세 헤어졌지만 몇 개월 후 제선선이 아이를 가졌다는 사실을 알게 되어 귀문으로 불러왔다. 둘은 그렇게 이어졌다.

당시 귀문의 셋째 제자였던 추야장은 귀문에서도 큰 힘이 없었다. 하지만 수정궁을 등에 업자 순식간에 큰 힘을 얻었다. 수정궁은 감숙의 패자였고, 그들의 힘을 가진 귀문은 곧 서북부의 패자라 불렸다.

둘의 혼인으로 귀문은 더욱 막강한 힘을 얻었고, 수정궁의 힘과 제선선의 노력으로 추야장은 귀문의 삼대 문주가 되었다.

제선선과 추야장 사이에서는 딸이 태어났다. 내심 아들을 바랐지만 딸도 좋다고 여겼다. 딸을 위해 추야장은 어떤 일이라도 할 것 같았다. 그리고 그런 마음 그대로 딸아이가 원하는 것이라면 무엇이든 들어주었다.

다른 무엇보다 당시 수정궁주가 죽은 뒤 제선선이 그 뒤를 이어 수정궁주가 되면서 집을 떠났기에 어미 없이 자라는 딸아이가 혹시라도 외롭지 않을까 싶어 그렇게 한 것이다. 그게 아비의 마음이었다.

그게 잘못이란 것을 뒤늦게 후회했지만 그 당시에는 그러지 못하였다. 그리고 딸이 친구가 없어 외롭다는 말에 비슷한 나이의 아이를 찾아주었다. 그게 서영아였다.

비록 돈으로 사왔지만 총명해 보이는 아이였다. 고르고 골라 뽑은 소녀로, 딸과 어울릴 거라 여겼다.

그런데 그런 딸아이가 자라면 자랄수록 제선선을 너무 빼닮아간다고 생각되었다. 그러던 어느 날 사람을 죽였다. 그것도 일을 하던 하녀를 단칼에 찔러 죽인 것이다.

이유는 단지 자신이 좋아하던 화분을 깼다는 것 하나였다. 고작 그런 이유로 하녀를 죽이는 모습에서 추야장은 뭔가 잘못되었다고 생각했다. 그때 바로잡아야 했지만 그러지를 못하였다. 모질지 못해 크게 혼내지 못한 것이다.

그 이후 몇 번이나 딸아이는 하녀와 하인들을 죽였다. 그리고 서영아의 얼굴에 난 수많은 흉터를 보게 된 추야장은 딸에 대한 정이 떨어지는 기분을 느끼고 말았다. 그때부터 딸을 보는 일이 거의 없었다.

그로부터 불과 몇 개월 뒤, 딸은 갓 제자로 들인 여섯째를 죽였다. 추야장은 고르고 고른 인재를 얻자마자 기쁨을 누릴 틈도 없이 잃었다는 사실에 분노하고 또한 절망했다. 그리고 여섯째 제자를 죽인 사람이 자신의 딸이라는 사실에 더없이 큰 슬픔을 느꼈다.

결국 추야장은 딸을 후원 깊숙한 곳에 감금하였다. 그게 그가 딸에게 해줄 수 있는 최대한의 대우였다. 그곳에서 자신이 죽을 때까지 나오지 못하게 할 생각이었다. 강호에 나오면 희대의 살성이 될 것 같았기 때문이다. 그것이 두려웠다. 자신의 딸이 희대의 살성이 될 것 같다는 불안감 자체가 말이다.

그런데 딸을 후원에 감금한 지 반년이 지났을 때, 어떻게 소식을 들었는지 수정궁주가 찾아왔다. 제선선은 분노하며 딸을 찾아 수정궁으로 돌아갔다. 그것을 막을 수는 없었다.

설명을 아무리 잘해도 제선선의 눈에 추야장은 결국 나쁜 아비로만 비쳤기 때문이다. 거기다 이미 둘째 부인도 두었고, 그 밑에 딸이 하나 더 있지 않았던가? 추야장은 제선선을 볼 면목도 없었다.

둘째 부인인 진진은 제선선과는 정반대로 얌전한 여성이었다. 워낙에 제선선의 성정이 드세다 보니 자연스럽게 얌전한 여자를 선호하게 되었고, 그래서 선택한 사람이었다.

제선선이 수정궁주가 되어 떠난 이후로는 더욱 외로웠던 그였기에 둘째 부인을 빨리 받아들였다. 진진을 받아들인 그는 그녀의 여성적인 면에 상당히 마음을 빼앗겼다. 그래서일까? 진진 역시 혼인한 지 일 년이 안 돼 아이를 가졌고, 이듬해 딸을 낳았다.

추야장은 아들이 아니라 조금 실망했지만, 곧 마음을 다잡고 자식을 본 것에 기뻐했다. 그리고 이번에 낳은 딸은 첫째와는 다르게 착한 아이로 키우고 싶다는 생각에 글 선생부터 들였다. 무공보다는 여성적인 면을 더욱 키우고 싶은 게 사실이었다. 게다가 되도록 자매끼리 만나는 일마저 없게 하니 아이는 기대한 대로 착하게 자랐다.

뛰어노는 딸을 보며 함께 웃고 떠드는 진진과의 만남은 그에겐 활력이 되었다. 항상 참 좋은 여자라는 생각을 하였고, 진진을 선택한 건 잘한 일이라 여겼다.

하지만 그것도 삼 년이 넘어가기 전에 산산이 조각났다. 일이 있어 강남에 다녀온 날, 추야장은 진진과 다른 남자가 추악한 호흡을 토하며 몸을 섞고 있는 모습을 보고 말았다.

추야장은 그 남자를 단번에 죽였지만, 진진은 차마 죽이지 못하였다. 그래도 부인이었기 때문이다. 하지만 그 이후로 진진은 후원에서 홀로 지내야 했으며 외출도 금지당했다. 진진은 며칠이고 울며 용서를 빌었지만 추야장은 용서하지 않았다.

죽이지는 못하지만 영원히 가둘 수는 있다고 말한 추야장은 진진을 그렇게 가둬버리고는 한 번도 찾아가지 않았다. 그 모습을 보고 자란 둘째 딸은 상당히 강직한 성격을 지닌 아이가 되었다.

그로부터 오 년 뒤, 추야장은 종남산에 오르다 손란을 만났고, 지금에 이르게 되었다. 손란은 학식도 있었으며 진진이나 제선선과는 다르게 정숙하고 조용했다. 또한 배려심도 깊은 사람이었다. 무엇보다 무공을 모른다는 점이 좀 더 특별하게 다가왔다.

추야장은 매일 찾아가 조금씩 무공을 가르쳐주었고, 손란도 건강을 위해서라며 기꺼이 추야장의 가르침을 배웠다.

하지만 둘의 혼인이 순탄한 것은 아니었다. 추야장은 모르고 있었으나 제자들은 모두 손란을 싫어했다. 손란이 아들이라도 낳는다면 후계자 자리를 그 아들에게 빼앗길 게 당연하기 때문이다. 특히나 셋째 제자인 자영영은 아예 부인의 자리를 노리기까지 할 정도였다.

"오랜만에 이렇게 둘이 걷는 것 같소."

추야장의 말에 손란은 살며시 미소를 보이며 말했다.

"작년 이후로는 처음인 것 같아요. 그때도 이렇게 당신 손이 뜨거웠지요."

"그랬소? 이건…… 다 내가 익힌 정양신공(正陽神功) 때문이라오."

"그래요? 그냥 손이 뜨거운 것뿐인데…… 신공이라니요, 호호."

손란의 웃음에 추야장은 기분이 좋은 듯 말했다.

"당신 말대로 이건 당신의 손을 잡았기 때문이 아닌가 싶소."

"그런가요? 다른 사람의 손을 잡을 때도 뜨겁지는 않았나요?"

"그런 적은 없었던 것 같소."

"거짓말."

손란의 말에 추야장은 안색을 붉히며 헛기침을 하였다. 그렇게 담소를 나누며 길을 걷던 두 사람의 앞에 추야장의 넷째 제자인 감록이 모습을 보였다.

"제자 감록이 두 분을 뵙습니다."

감록의 등장에 추야장은 살짝 미간을 찌푸렸다. 지금의 소중한 시간을 아무도 방해하지 말라는 명을 내렸는데도 감록이 모습을 보였기 때문이다.

그것을 모르는 감록이 아니었으나 중요한 일이 있어 어쩔 수 없이 나타나야 했다.

"두 분의 시간을 방해해서 정말 죄송합니다. 하지만 알려야 할 급한 일이 있어 이렇게 왔습니다."

"저녁때까지는 아무도 오지 말라고 했거늘…… 그런 내 명을 어기고 보고해야 할 만큼 중요한 일이냐?"

"그렇습니다."

감록의 대답에 추야장은 안색을 굳혔다.

"말해보거라."

추야장의 말에 감록이 얼른 대답했다.

"이틀 전, 자 사저가 납치당했습니다. 납치범은 장학과 양초랑이라 합니다."

"음……."

추야장의 입에서 침음성이 흘렀다.

"저런……."

손란도 매우 놀란 듯 눈을 크게 떴다. 추야장은 그런 손란의 어깨를 힘 있게 잡으며 말했다.

"너무 걱정하지 마시구려. 잠시 둘이 이야기 좀 하겠소."

"예, 그렇게 하세요."

손란은 고개를 끄덕이며 뒤로 물러나 십여 장 뒤에 서 있던 두 시비들에게 다가갔다. 손란이 멀어진 것을 확인한 추야장은 감록에게 시선을 던졌다.

"자세히 말해보거라."

"마행의 보고로는 장학과 양초랑이 자 사저를 인질로 잡고 도망쳤다고 합니다. 그 외에 한 명이 더 있는데 그자에 대해선 파악된 게 없다고 합니다."

"저런…… 어쩌다가 인질이……. 못난 년……."

추야장은 혀를 차며 안타까워했다.

"어떻게 처리할까요?"

감록의 물음에 추야장은 짧게 한숨을 내쉬었다. 화가 난 것이다. 더욱이 이 일이 소문난다면 귀문의 명성에 큰 누가 될 게 뻔하였다. 조속히 처리하는 게 가장 상책이라 여겼다.

"그놈들은 어디에 있지?"

"대방산에 있는 것으로 파악되었습니다."

"대방산이라…… 후후……. 생각보다 가까이에 있구나."

추야장은 중얼거리며 곧 생각을 정리한 듯 감록에게 말했다.

"너는 문에 전갈을 보내 철마대를 보내거라. 후위라면 잘 처리하겠지. 물론 셋째는 살려야 한다."

"알겠습니다."

감록은 대답한 후 재빠르게 사라졌다. 그가 사라지자 추야장은 짧은 숨을 다시 한 번 내쉬며 손란에게 다가갔다.

"급히 집으로 가야겠소. 셋째의 일도 있고 하니 말이오."

"그렇게 해요."

손란의 흔쾌한 대답에 추야장의 표정이 밝아졌다.

* * *

타닥! 탁!

동굴 바깥쪽에서 타는 모닥불의 따뜻한 기운이 좁은 동굴 안에까지 전해졌다. 차갑고 눅눅하던 동굴 안이 금세 따뜻해졌고 주황색 불빛이 주변을 아늑하게 밝혀주었다.

"풀어."

안쪽에 앉아 있던 자영영은 허수아비나 마찬가지인 상태였다. 장권호에게 마혈이 제압당한 상태였기 때문이다. 그녀는 장권호에게 마혈을 풀어달라고 말했으나 장권호는 들은 척도 안 하였다.

다른 두 사람은 어디에 갔는지 모습이 안 보였고, 오직 두 사람만 동굴 안에서 서로의 얼굴을 마주 보고 앉아 있었다.

"나를 인질로 잡는다고 해서 네게 득 될 것은 아무것도 없어. 오히려 손해지."

장권호는 잠시 자영영을 쳐다보았다. 그러자 자영영이 다시 말했다.

"본 문에서 네놈을 가만둘 것 같으냐? 갈가리 찢어 죽일 것이다. 내가 풀려나는 순간부터 네놈은 귀문을 피해 평생 동안 도망자 신세로 지내야 할 것이야! 아무리 네놈이 깊은 산중에 은거하고 절곡에 숨는다 해도 귀문은 네놈을 찾아 죽일 것이다. 평생 동안 그렇게 귀문의 눈을 피해 두려움에 떨면서 살게 될 것이라고! 호호!"

싸늘하게 말하다 끝에 가서는 웃어버리기까지 하는 자영영의 모습에 장권호는 자리에서 일어섰다. 그 행동에 자영영이 얼른 말했다.

"어서 빨리 혈을 풀어라. 지금이라도 풀어주면 여태까지의 일을 용서해주도록 하마. 내 스승님께 잘 말씀드려 네놈의 지난 잘못을 덮도록 도와줄 터이니, 어서 풀거라."

자영영의 목소리를 들으며 밖으로 나간 장권호는 바닥에 앉아 무언가를 찾더니 곧 안으로 들어왔다.

"어서 풀거라. 그것만이 네놈이 살길이다."

"입 좀 다물어."

장권호는 말과 함께 손에 든 자갈 하나를 자영영의 입에 물렸다.

"읍! 읍!"

자영영은 흙이 묻은 자갈이 입에 들어오자 혼비백산한 표정으로 장권호를 노려보았다.

"퉤에!"

자갈을 뱉은 그녀는 다시 한 번 외쳤다.

"이런 씹어 먹을 새끼가 감히 내 입에 돌을 넣어! 네놈이 진정 죽고 싶어 환장했구나!"

장권호는 그 말에 침이 묻어 더러워진 자갈을 주워 왼 소매에 닦더니 곧 오른 소매를 뜯었다. 그리고 뜯어낸 오른 소매로 자갈을 감싼 뒤 풀어지지 않게 단단히 매듭을 묶고는 자영영에게 다가갔다. 그러자 자영영의 안색이 돌변했다.

"뭐…… 뭐하는 짓이냐!"

"뱉어서."

"이런 개 후레자식! 웁! 웁!"

장권호는 자갈을 입에 물리고 뱉지 못하게 소맷자락을 머리 뒤로 감은 뒤 물러섰다. 자영영이 아무리 발버둥치고 소리를 지르려 해도 작은 신음성밖에 내지 못하자 장권호는 그제야 만족한 표정으로 반대편에 앉았다.

'죽여버리겠어! 죽여버리겠어!'

자영영은 수없이 되뇌며 장권호의 얼굴을 눈에 각인시켰다. 오늘의 굴욕을 몇만 배로 갚을 생각이었다.

"좀 늦네……."

장권호는 고기를 손질하러 간 양초랑과 앞마을에 내려간 장학이 조금은 걱정되는 듯 중얼거렸다.

제5장

산에 없는 것은 바다다

장백산에서 수련할 때 가장 싫었던 것은 삼쇄공을 익히는 일이었다. 워낙 어릴 때라 수련보다는 다른 것들에 호기심이 왕성했기 때문이다. 게다가 삼쇄공은 고통을 수반한 수련이었기에 더더욱 싫었다. 하지만 엄한 스승님과 도망칠 때마다 늘 유령처럼 나타나 잡아가는 사형들 때문에 싫어도 해야 했다.

그렇게 십 년의 시간을 보내고 나서야 삼쇄공의 수련을 끝내고 단공(短功)을 완성할 수가 있었다. 지금의 내가 있는 것은 모두 사형들과 스승님의 덕이다.

"룰루루…… 룰루……!"

양초랑은 냇가에 쪼그리고 앉아 콧노래를 흥얼거리고 어깨를 들썩이며 방금 잡은 토끼를 손질하고 있었다. 그런 그의 표정은 오늘 고기를 먹을 수 있다는 기쁨에 젖어 상당히 밝았다.

"이야…… 요거 맛있겠는데……."

뼈를 바르고 살을 꼬치처럼 나뭇가지에 꽂아 모양을 낸 양초랑은 자신의 실력에 감탄한 듯 중얼거렸다. 그때, 등 뒤에서 서늘한 기운이 느껴지자 양초랑의 모든 행동이 정지했다.

쉭!

등 뒤에서 수풀을 스치는 날카로운 소리가 들린 것도 양초랑의 행동이 정지했을 때였다. 상대가 들켰다는 것을 감지하고 손을 쓴 것이다.

"합!"

양초랑은 기합을 지르며 회전하여 몸을 돌림과 동시에 날아드는 물체를 도로 막았다. 이미 일어서면서 도를 뽑은 그였다.

팍!

도날에 부딪힌 물체가 순간 터지더니 녹색 연기를 내뿜었다.

"헉!"

양초랑은 본능적으로 그것이 독(毒)이라는 생각에 연기를 피하려 했다. 하지만 그의 움직임보다 바람이 연기를 움직이는 게 더욱 빨랐다. 녹색 연기가 양초랑의 얼굴을 스치고 지나치자 양초랑의 표정이 굳어졌으며 냇가로 물러선 그의 낯빛이 변하였다.

"제길……."

양초랑은 어둠 때문에 날아든 물체가 어떤 것인지 파악하지 못한 것을 자책했다. 그리고 상대는 그 어둠을 이용할 줄 아는 자라고 판단했다.

"마시지는 않은 모양이오."

어둠 속에서 백의를 입은 젊은 서생 한 명이 모습을 보였다. 그의 손은 무기를 들고 있지 않았지만 무언가를 쥐고 있는 듯한 모양을 하고 있었다.

"누구냐?"

양초랑은 한쪽 눈을 감은 상태로 상대를 쳐다보았다. 다행히 독이라 판단하는 즉시 호흡을 멈추어 연기를 마시지는 않았지만 이미 오른 눈에 연기가 들어간 상태였다.

타들어가는 듯한 고통이 몰려와 도저히 오른 눈을 뜰 수 없는 상태였기에 왼 눈만으로 상대를 봐야 했다.

"한상운이라 하오. 이름 높은 양 형을 뵙게 되어 영광이외다."

"후후……. 소문으로만 듣던 귀문의 다섯째로군."

한상운은 고개를 끄덕이며 미소를 보였다. 귀문의 다섯 번째 제자인 한상운은 무공도 무공이지만 독과 암기도 다루는 인물이었으며, 거기다 비겁하기까지 하다는 소문도 있었다. 귀문의 다섯 제자 중 가장 상대하기 어렵다는 평가가 지배적이었다.

양초랑은 자신이 불리하다는 것을 직감적으로 알았다. 한쪽 눈에서 전해지는 고통 때문에 무공을 제대로 펼칠 수 있을지 자신하지 못하였고, 한상운은 승기를 잡지 않고선 나타나는 인물이 아니라는 이야기를 들은 적 있었기 때문이다.

"자 사저는 어디에 있소?"

"저 위에 있지."

한상운은 그 말에 고개를 돌려 산속을 쳐다보았다.

파팟!

그 순간, 양초랑이 냇물을 밟으며 한상운을 향해 빛살처럼 날아들었다. 하지만 한상운은 그런 기습에 크게 놀란 표정이 아니었다. 옆으로 이 보 이동한 그는 입을 열었다.

"한쪽 눈이 안 보여서 거리감을 잃은 모양이오."

휘휙!

허공만 몇 번 베던 양초랑의 표정이 굳어졌다. 상대가 반 보 이상 차이 나는 거리에 있었기 때문이다. 거기다 곧 한상운의 모습이 눈앞에서 사라졌다.

피핑!

날카로운 소성이 우측에서 들리자 양초랑은 재빠르게 반회전하며 쌍도를 움직여 날아드는 두 개의 빛살을 막았다.

따당!

바늘 두 개를 튕겨낸 그는 재빠르게 한상운을 찾았으나 그의 모습이 어디에서도 안 보이자 안색을 바꾸며 뒤로 물러섰다.

"이번에는 독이오."

멀리서 들리는 목소리에 양초랑은 그쪽으로 고개를 돌렸고, 눈앞으로 날아드는 십여 개의 바늘들이 보였다. 양초랑은 광풍난무(狂風亂舞)의 초식을 발휘하며 세차게 도풍을 일으켜 막았다. 그때, 작은 쇠구슬 하나가 눈에 들어오자 도를 거두고 몸을 돌려 피했다. 막으면 터지며 연기를 내뿜을 물건이 분명해 보였기 때문이다.

"크!"

순간, 양초랑은 왼 어깨를 잡으며 비틀거렸다. 어느새 커다란 침 하나가 어깨에 박혔기 때문이다.

"어둠 속에서 가장 유용한 무기는 암기일 것이오. 잘 보이지도 않으니 말이오."

"쳇!"

양초랑은 침이 박힌 왼 어깨가 푸르게 변해가자 독이라는 것을 인지하고 뒤도 안 돌아보고 몸을 날렸다.

"어딜!"

한상운은 갑작스럽게 양초랑이 도망치자 그 행동에 놀라 뒤따랐다. 설마하니 양초랑 같은 고수가 도망칠 거라고는 생각지 못하였기 때문에 반응이 조금 늦었다.

마을에서 먹을 것과 자영영이 갈아입을 옷을 산 장학은 편한 마음으로 산길을 오르고 있었다. 아무도 없는 산길은 어둠 때문에 조금 을씨년스러운 분위기도 났지만 장학은 이런 어둠이 익숙한지 느긋하게 걷고 있었다.

"도대체 무슨 생각으로 자 소저를 그렇게 잡았는지……."

장학은 설마 장권호가 자영영을 인질로 잡을 줄은 몰랐기에 그 행동과 과감성에 놀라고 있었다.

"귀문주도 상당히 놀라겠어. 자 소저를 데리고 풍운회로 돌아가면 말이야. 후후……."

장학은 이왕 이렇게 된 거, 풍운회까지 자영영을 데리고 갈 생각을 하였다. 귀문과의 관계에서 조금 더 우위에 서기 위한 하나의 수단으로 자영영을 이용할 계획이었다.

스르륵!

장학은 귓가에 들리는 미세한 바람 소리에 잠시 걸음을 멈추고 주변을 둘러보았다. 하지만 아무리 둘러보아도 사람의 모습은 어디에도 없었다. 하지만 분명 귓가에는 이질적인 소리가 들려왔었다.

장학은 사방을 경계하기 시작했다. 그리고 자영영을 인질로 잡고 있다는 사실을 다시 한 번 상기했다.

"누구시오?"

장학은 낮은 목소리로 입을 열었다. 하지만 어둠 속에선 아무런 소리도 나오지 않았다. 그제야 장학은 풀벌레 소리조차 없다는 것을 알았다.

상대는 나를 보는데 나는 상대를 보지 못하고 있다.

장학은 그러한 사실에 지금 이 상황이 위험하다고 느꼈다.

"아무도 없소?"

장학의 목소리에 힘이 실렸다. 그러나 여전히 대답은 없었다.

스릉!

장학은 손에 들고 있던 짐을 내려놓고 검을 뽑아 들었다. 그리곤 주변을 경계하며 조금씩 이동하기 시작했다.

슈악!

순간, 바람 소리와 함께 장학의 면전에 백색 가면이 마치 귀신처럼 나타났다. 그 섬뜩한 모습에 장학은 저도 모르게 눈을 부릅떴다.

"헉!"

헛바람을 삼키며 검을 들어 올리는 찰나, 장학의 이마를 뚫고 지나가는 백색 빛이 있었다.

"……!"

장학이 눈을 부릅떴으며, 백색 가면은 곧 허공에서 몸을 돌려 바닥에 내려섰다. 나뭇가지에 거꾸로 매달린 상태로 장학을 공격한 그녀였다.

장학은 온몸을 떨며 백색 가면을 쓰고 긴 흑발을 늘어뜨린 인물을 쳐다보았다. 마지막에 떠오른 생각은 암습자가 여자라는 것뿐이었다.

털썩!

장학이 바닥에 쓰러지자 백귀는 연검을 허리에 차며 조심스럽게 장학을 살폈다. 그러다 그의 발밑에 있는 짐을 확인하고 들었다. 죽엽에 싸인 포자들과 여자 옷이 들어 있음을 확인한 그녀는 곧 신형을 돌려 어둠 속으로 사라졌다.

"읍! 읍!"

울 것 같은 표정으로 자영영이 연신 소리를 내자 장권호는 참지 못하고 일어나 그녀의 입에 물린 자갈을 빼주었다. 그러자 자영영이 악에 받쳐 소리쳤다.

"야 이 새끼야! 죽고 싶어!"

슥!

장권호가 다시 자갈을 입에 물리려 하자 자영영은 순간적으로 표정을 바꾸며 외쳤다.

"소피가 마렵다고, 이 새끼야! 야 이 개새끼야! 후레자식 놈아! 그걸 꼭 말로 해야겠어!"

"음……."

장권호는 그 말에 안색을 찌푸리다 곧 자갈을 입에 물렸다.

"읍! 읍!"

자영영이 다시 한 번 발악하듯 소리쳤으나 장권호는 그리 신경 쓰지 않았다. 자영영의 눈가에 눈물방울이 맺히자 장권호는 그제야 그녀를 안아 들고 밖으로 나갔다. 곧 그는 어두운 수풀 사이로 가 그녀를 앉혀 놓고 말했다.

"그냥 싸. 말리면 되니까."

장권호는 무책임한 말을 남긴 채 뒤도 안 돌아보고 숲을 나왔다. 그때, 헐레벌떡 뛰어오는 양초랑의 모습이 보였다. 장권호는 양초랑의 안색과 그의 어깨에 박힌 침을 보곤 눈을 빛냈다.

"헉! 헉!"

양초랑은 숨을 몰아쉬며 장권호를 쳐다보았다.

"엿 같은 밤이야."

양초랑은 말 한마디를 남기고 비틀거렸다. 그러자 장권호가 그를 잡고는 동굴 안쪽에 눕혔다. 장권호는 재빨리 어깨에 박힌 침을 뽑고는 그 주변 혈을 눌러 독이 퍼지는 것을 막음과 동시에 피를 뽑았다.

사박! 사박!

발걸음 소리가 들린 것은 그때였다.

"여기인가 보군……. 결국 간 곳이 동굴이오?"

한상운이었다. 그는 동굴 안에 양초랑이 누워 있고 그 옆에 다른 사내가 있는 것을 확인한 뒤 모닥불 주변에 앉았다.

"어깨의 독보다 눈이 더 심각할 것이오."

한상운은 그렇게 말하며 옆에 놓인 마른 장작을 하나 모닥불 위에 올려놓고는 손을 들고 불을 쬐기 시작했다.

"그런데 사저는 어디에 있소? 보이지 않으니 이상하군. 설마 그사이에 벌써 죽이고 묻었나?"

한상운은 중얼거리며 주변을 둘러보았다. 하지만 어디에도 사람의 그림자가 안 보이자 미간을 찌푸렸다.

자영영은 소리조차 낼 수 없었다. 자신의 사제에게 지금의 이 추한 모습을 보여줄 수는 없기 때문이었다. 그렇기 때문에 더더욱 소리 죽여, 마치 동상이라도 된 것처럼 가만히 있었다.

그런 자영영의 처지를 아는지 모르는지, 한상운은 여전히 고개를 돌리며 주변을 살피고 있었다.

'저 개새끼가 왜 왔어?'

자영영은 속으로 생각하며 이를 갈았다. 그리고 장권호에 대한 원한이 더욱 커졌다. 지금의 상태를 벗어나기만 하면 가장 먼저 장권호를 죽이리라 다짐했다.

장권호는 양초랑에게 응급처치를 한 후에 천천히 동굴 밖으로 나갔다. 그리고 모닥불 앞에 앉아 한상운과 마주했다.

한상운은 모닥불을 불쏘시개로 이리저리 휘젓다 불길이

크게 살자 곧 불쏘시개를 옆에 내려놓으며 말했다.

"자 사저를 찾으러 왔소."

"누구를 말하는지 모르겠는데?"

장권호의 대답에 한상운은 헛웃음을 흘리며 고개를 저었다.

"다 알고 왔소이다. 우리 서로 힘 빼면서 고생하지 말고 그냥 편하게 갑시다."

"독이군."

장권호는 코를 스치는 냄새에 안색을 찌푸렸다. 그리고 불꽃의 색이 살짝 녹색으로 변해 있는 것을 감지했다. 바람도 어느 순간 장권호 쪽으로 향했고, 그는 자연스럽게 독 연기를 마시고 말았다. 한순간이지만 살짝 어지러웠다.

"눈치가 빠르시오."

한상운은 이곳에 도착해 모닥불 주변을 돌며 독을 살포한 상태였고, 모닥불에 앉아 불쏘시개를 움직이다 장권호가 나올 때 독알을 불 속에 넣었다. 독알이 타면서 나온 그 연기를 고스란히 장권호가 마신 상태였다.

"중독된 것을 알았다면 더 이상 힘 빼지 맙시다. 자 사저를 넘기시오. 자 사저만 넘겨주면 해약을 내놓고 그냥 가겠소."

"미안해서 어쩌지……. 독을 마신 것 같기는 한데 좀 약한 듯해서……."

장권호가 미소를 보이자 한상운의 표정이 굳어졌다. 그 순간, 한상운의 손에서 빛이 일어났다.

핑!

두 개의 침이 불꽃을 가르며 장권호의 면전을 향했고 장권호는 자신의 시야를 파고드는 두 개의 은침을 확인하자 왼손을 들었다.

팍!

은침에 실린 경기가 바람처럼 주변에 울렸다. 한상운은 장권호의 검지와 중지 사이에 걸린 자신의 은침을 쳐다보며 안색을 바꾸었다. 그리고 천천히 자리에서 일어섰다.

그가 일어서자 장권호도 자리에서 일어나 은침을 불 속에 던져 넣고는 말했다.

"자네는 두 가지 실수를 했네."

"무엇이오?"

"하나는 내 친구에게 상처를 준 것."

"그리고……."

장권호의 기도가 점점 거대하게 변해가자 한상운은 더더욱 굳어진 얼굴로 장권호를 노려보았다. 목소리도 잠겨 다른 하나는 무엇인지 물으려다 말이 끊겼다.

"다른 하나는 내 거리에 들어왔다는 점이네."

팍!

순간 한상운의 신형이 뒤로 날았으며, 장권호의 반보 앞에 있던 한상운의 잔상은 십여 개의 구멍이 뚫림과 동시에 흩어졌다.

"……!"

뒤로 날아올라 나뭇가지에 선 한상운의 등줄기로 식은땀이 흘러내렸다.

"컥! 우엑!"

그러나 바로 다음 순간, 한상운은 자신도 모르게 복부를 잡으며 피를 토했다.

'도대체…… 언제……. 으윽!'

한상운은 눈에 보이지도 않은 무언가에 격중되었다는 느낌에 매우 크게 놀랐다. 그리고 갈비뼈가 하나 부러진 사실에 더더욱 충격을 받았다.

"자 소저는 내가 데리고 있네. 내려오면 돌려주지."

"흥!"

한상운은 콧방귀를 날리며 오른손을 펼쳤다. 그러자 이십여 개의 은색 침과 두 개의 은색 구슬이 장권호에게 날아들었다. 장권호는 안색을 굳히며 피하려다 자신의 뒤쪽 동굴 안에 양초랑이 누워 있다는 사실을 상기하고 손을 들었다.

파팟!

그의 손안으로 이십여 개의 암기들이 회오리치며 모여들었다. 모여든 암기들이 구부러지고 얽혀 만들어진 작은 구체를 바닥에 내려놓은 장권호는 어느새 사라진 한상운의 행동에 고개를 저었다.

"빠르군……."

경공이 빠른 게 아니라 상황 판단이 빠르다는 칭찬이었다. 그러다 자영영을 떠올리곤 그녀가 있던 숲속으로 들어간 장권호는 표정을 굳혔다. 그녀의 모습이 사라졌기 때문이다.

"이런……."

장권호의 표정이 차갑게 변하였다.

쉬쉭!

자영영을 품에 안고 바람처럼 움직이는 백귀는 한참 동안 이동하다 넓은 풀밭에 관제묘가 보이자 그곳으로 들어갔다.

"읍! 읍!"

자갈을 입에 문 자영영의 모습에 백귀는 곧 그녀의 입에 물린 자갈을 풀어주었다.

"푸하! 허억! 허억!"

숨을 거칠게 몰아쉬는 자영영은 백귀에게 말했다.

"어서 혈을 풀어."

자영영의 말에 백귀는 고개를 끄덕이며 자영영의 혈을 풀기 위해 손을 움직였다. 하지만 백귀는 고개를 갸웃거리며 자영영에게 말했다.

"이상해요. 안 풀리네요."

"뭐? 이런 제기랄!"

자영영은 그 말에 소리치며 충혈된 눈으로 백귀를 향해 말했다.

"금방이라도 쌀 거 같아! 어떻게 좀 해."

"예? 헉! 알았어요."

백귀는 금방 자영영의 의도를 파악하고 그녀의 바지를 벗기다 '툭!' 소리를 내며 자영영의 소매에서 흘러나오는 백옥병을 보았다.

"……!"

그 순간 자영영의 표정이 굳어졌고, 백귀의 눈동자가 백옥병으로 향했다. 자영영이 침착한 목소리로 말했다.

"내상약이야."

"네? 네……."

백귀는 그 말에 고개를 끄덕이곤 백옥병을 들었다.

"이리 줘."

백귀는 그녀의 말에 백옥병의 마개를 열고 냄새를 한 번 맡았다.

"뭐하는 거야? 이리 내놓으라고."

자영영이 그 모습에 다급하게 말하자 백귀의 눈동자가 흔들렸다. 냄새만으로도 이게 자신을 위한 해약인지 아닌지 구별할 수 있기 때문이다.

"제…… 제…… 해…… 해약이에요……."

백귀가 몹시 떨리는 목소리로 말하자 자영영은 안색을 바꾸며 대답했다.

"일 년분이야. 스승님께서 주셨지……. 스승님께 감사해야 할 거야……. 스승님께서 직접 가지고 오신 것이니까. 그만큼 네 걱정을 하시는 게 틀림없어……."

"일 년분이나……."

백귀는 그 말에 어깨를 떨었다. 일 년 치면 곧 일 년의 목숨이 보장된다는 말이기 때문이다. 그 순간 백귀의 눈동자에 살기가 감돌았다.

백귀의 기가 순식간에 변하자 자영영의 어깨가 미미하게 떨렸다. 살을 따갑게 할 정도로 날카로운 그녀의 살기가 자신에게 향했기 때문이다.

"설마…… 너……?"

"일 년…… 일 년이나 살 수 있어……. 일 년이나……."

백귀는 가만히 중얼거리며 자영영의 앞에 앉았다. 자영영의 눈빛이 굳어졌다. 그녀는 재빨리 백귀에게 말했다.

"어리석은 짓은 안 하는 게 좋아……. 더 오래 살고 싶으면 말이야."

백귀는 그 말에 잠시 주춤거리며 동작을 멈추었다. 그러나 그녀는 곧 다시 망설이며 천천히 자영영의 앞으로 다가갔다.

"일 년이면…… 어떻게든 할 수 있을 거야……. 어떻게든…… 이 저주받은 사슬에서 벗어날 기회를……."

"너어……."

자영영의 얼굴빛이 점점 창백하게 변하였다. 백귀의 가면 너머로 보이는 광기에 찬 증오 때문이다. 그 원한 어린 눈빛이 고스란히 자영영을 향하고 있었다. 백귀는 가만히 고개를 갸웃거리며 자영영의 얼굴을 양손으로 천천히 쓰다듬었다.

"이…… 얼굴……. 너무…… 부러워……."

"너…… 이 미친한 년……. 설마……."

"갖고 싶어……."

"……!"

백귀의 목소리에 잔잔한 파문이 일었다. 자영영은 눈을 부릅떴다.

곧 백귀의 손에 날카로운 은빛 단도 하나가 들렸다. 그녀는 천천히 손을 움직여 자영영의 턱밑에 단도를 겨누었다.

"여기부터 벗겨야 하나요? 어디부터 벗겨야 할까요? 말해주세요……. 여기서부터 벗기면…… 음…… 좀 작을지도……. 목부터 벗겨내야 하는 건가요?"

"너…… 너어……. 흑!"

자영영의 눈동자가 크게 흔들리기 시작했다. 그러나 백귀는 그런 모습에 아랑곳하지 않고 자영영의 목 중간쯤에 단도를 살짝 찔러 넣었다.

"아악!"

자영영은 참지 못하고 외마디 비명을 질렀으며, 그녀의 사타구니 사이에서 물이 흘러내렸다. 백귀는 그 모습에 눈을 반짝이며 말했다.

"혼자 듣기 아까울 정도로 좋은 소리인데. 걱정하지 마……. 가죽을 모두 벗길 때까지 죽이지는 않을 테니까……. 네년의 비명 소리를 더 들어야 하거든."

"제…… 제발…… 용서해……. 제발…… 흑! 흑!"

자영영이 눈물을 흘리며 애원하듯 말했지만 백귀의 광기에 찬 눈동자는 변함이 없었다.

스윽!

백귀의 단도가 목 주변의 피부만 살짝 그으며 지났다.

"아아악!"

자영영은 저도 모르게 외마디 비명을 질렀고, 백귀는 아무렇지도 않다는 듯 단도를 혈선 안쪽으로 살짝 찔러 넣었다.

"제발! 아악!"

주르륵!

핏물이 흘러내렸다. 자영영은 다시 한 번 비명을 질렀고, 끊임없이 눈물을 흘렸다. 그게 거추장스러웠는지 백귀는 소매로 그녀의 눈을 닦아 주었다.

"처음이라 내가 좀 서툴지만…… 동물 가죽 벗기는 것처럼 하면 되겠지요?"

백귀는 눈웃음을 보였다. 그 미소가 가면 너머에서 반짝이자 자영영은 심장이 터질 것 같았다. 그리고 누구라도 좋으니 제발 아무나 와서 구해주기를 바랐다.

"다시 하지요."

백귀는 마치 큰 장난감이라도 손에 쥔 것처럼 흥미가 가득한 눈빛을 보이며 단도를 들었다. 그때, 백귀의 뒤로 검은 그림자가 어른거렸다.

"독하군."

"……!"

낮은 목소리였다. 백귀는 동작을 멈추고 고개를 돌렸다. 그녀의 가면 너머에서 반짝이던 눈동자가 흔들렸다. 좀 전에 한상운과 일전을 벌인 사내가 서 있었기 때문이다.

"대단하네요. 이렇게 빨리 쫓아오다니. 족히 오백 리는 도망쳤는데……."

백귀의 말에 장권호는 굳은 표정으로 단도를 높이 들고 있는 백귀와 눈물을 흘리며 금방이라도 미쳐버릴 것 같은 자영영의 얼굴을 번갈아 쳐다보았다. 어두운 관제묘 안의 지금 상황이 기괴하고 요사스럽게 느껴졌다. 그리고 다른 무엇보다 백귀의 가면과 그녀의 칠흑 같은 흑발이 가장 섬뜩하게 다가왔다.

장권호는 묵도를 손에 쥐며 말했다.

"쫓느라 혼났어. 비명 소리를 못 들었다면 찾지 못했을 거야."

장권호는 곧 시선을 자영영에게 던졌다. 그녀는 장권호가 나타나자 자신도 모르게 외쳤다.

"제발 이년을 어떻게 좀 해줘! 네가 말하는 어떤 소원이라도 다 들어줄 테니까!"

자영영의 외침에 장권호는 백귀에게 말했다.

"소원을 들어주겠다는데? 어쩌지? 나는 자 소저에게 볼일이 있거든."

"자영영은 죽었어요."

퍽!

말을 끝냄과 동시에 백귀의 손이 눈에 보이지 않게 흔들렸고, 그 직후 그녀의 손에 들려 있던 단도가 자영영의 왼 가슴에 손잡이만 남긴 채 깊숙이 박혔다.

"컥! 우엑!"

자영영의 입에서 거친 숨소리와 함께 검붉은 피가 쉴 새 없이 흘러나왔다. 그 모습을 본 백귀는 자리에서 일어나 장권호를 노려보았다.

"당신의 볼일은 끝났군요?"

백귀의 말에 장권호의 표정이 차갑게 변하였고, 강한 투기가 그의 전신에서 뻗어 나오기 시작했다.

"아니……. 갑자기 네게도 볼일이 생겼다."

장권호의 살기에 백귀는 놀랄 만도 했으나 그녀는 전혀 두려워하는 눈빛이 아니었다. 오히려 흥미 있다는 표정이었다. 곧 그녀는 뒤로 물러나 자영영의 가슴에 박힌 자신의 단도를 뽑아 소매로 닦았다. 그녀의 백의에 혈흔이 남겨지자 그 모습이 기괴하고 을씨년스러웠다.

"당신과는 싸우고 싶지 않군요……. 당신 덕분에 원한을 갚았으니 말이에요."

"원한?"

장권호는 안색을 바꾸며 백귀를 노려보았다. 금방이라도 출수할 것 같은 그의 투기에 백귀는 곧 얼굴을 가린 가면을 잡으며 말했다.

"제가…… 지금까지…… 어떻게 살았는지…… 어떤 마음으로 살았는지, 당신은…… 몰라요, 절대……. 귀문에서 개 취급당하며 살아온 제가…… 이제야…… 복수를 할 수 있게 되었어요."

떨리는 목소리로 입을 연 백귀는 곧 가면을 벗었다.

"흠……."

가면을 벗은 백귀의 맨얼굴을 본 장권호는 침음성을 삼켰다. 보기 힘들 정도로 흉기에 난자당한 얼굴이었기 때문이다. 얽히고설킨 혈선이 마치 거미줄 같았다. 백귀는 곧 다시 가면을 쓰며 말했다.

"보기 싫지요? 그래도 당신은 좋은 사람이군요. 제 얼굴을 똑바로 마주 본 유일한 사람이니까요."

백귀는 그렇게 말한 후 죽은 자영영의 시신을 들어 어깨에 걸쳤다.

"저는 서영아예요. 당신은요?"

"장권호."

서영아는 그 말에 눈을 반짝이며 다시 말했다.

"당신 덕분에 일 년이란 시간을 벌었어요. 일 년이란 삶…… 당신이 준 거예요. 고마워요."

서영아는 그렇게 말하며 관제묘의 뒷벽에 구멍을 만들더니 천천히 걸어 나갔다. 그 모습을 장권호는 가만히 쳐다보기만 했다.

서영아의 얼굴을 본 순간 타오르던 투기가 사라졌다. 서영아의 얼굴은 똑바로 보고 있기 힘들만큼 참혹했다.

"원한…… 원한이라……."

장권호는 한참 동안 그 자리에 서서 자영영의 핏자국만 바라보았다.

*　　*　　*

까악! 까악!

까마귀들이 멀리 보이는 나무 위에 앉아 있는 것을 본 감록은 안색을 찌푸리며 다가갔다. 그곳에 까마귀가 몰려 있는 게 의심스러웠기 때문이다.

나무 가까이 다가간 감록은 눈을 부릅뜨며 전신을 떨어야 했다. 나무 위에 걸린 시신 때문이다. 시신은 여성이었으며, 시신의 옷은 분명 자영영이 납치당한 당시 입고 있었다던 옷과 정확히 일치했다. 무엇보다 머리카락 사이에 드러나 있는 꽃비녀는 그녀가 즐겨 쓰던 것이었다.

"당장 내려라!"

"예!"

감록의 외침에 수하들이 빠르게 움직여 시신을 내려놓았다.

"젠장!"

감록은 시신의 얼굴을 보는 순간 저도 모르게 외치며 주먹을 움켜쥐었다. 시신은 정황상 자영영이 확실했지만 얼굴을 알아볼 수 없었다. 피부가 벗겨졌기 때문이다.

"사저…… 사저……. 흑!"

감록의 눈에서 눈물방울이 흘러내렸다. 도저히 믿을 수 없는 일이었기 때문이다. 그렇게 한참 동안 흐느끼던 감록은 곧 소매로 눈물을 훔친 후 자영영의 시신을 안아 들었다.

"내가 안고 간다."

감록은 낮은 목소리로 중얼거리며 걸음을 옮겼다. 그런 그의 눈에는 복수만이 꿈틀거리고 있었다.

"그게 무슨 말이에요? 말도 안 돼요."

수를 놓던 희고 고운 손이 동작을 멈추었다. 손을 따라 시선을 이동하자 물기를 머금은 머리카락과 고운 얼굴선이 나타났다.

투명하면서도 맑은 눈동자는 잔잔한 파도를 일으켰고, 붉은 입술은 살짝 열렸다. 그녀의 투명한 눈이 향한 곳에 서 있던 이십 대 중반에 붉은 옷을 입은 여인이 다시 말했다.

"정말입니다. 좀 전에 감 대주께서 시신을 안고 오셨습니다, 아가씨."

"장난이죠?"

호위를 맡고 있는 임정루의 표정에 변화가 없자 추소령은 눈을 크게 떴다.

"정말? 정말인가요?"

"예…… 아가씨……. 삼제자이신 자 당주의 시신이 확인되었습니다."

"믿을 수가 없어요. 어떻게…… 자 언니가 죽다니요."

추소령은 자리에서 일어나 문밖으로 나갔다. 그녀가 빠른 걸음으로 움직이자 임정루 역시 그 뒤를 따랐다.

"어떻게 죽었다고?"

"가슴에 맞은 일격이…… 사망 원인입니다. 그리고 흉기는 아무래도 비수나 단도 같습니다."

장구조의 대답에 추야장의 안면 근육이 꿈틀거리며 움직였다. 순간 거대한 살기가 대전 안을 가득 메웠다. 분노한 것이다.

대전 안에 있던 십여 명의 사람들도 추야장의 분노를 아는 듯 침묵했다.

"흉수는?"

"장학과 양초랑입니다. 제가 가서 그놈들을 죽여버리겠습니다."

감록이 분노한 표정으로 말하자 옆에 서 있던 공손의가 나섰다.

"그들이 아닙니다, 문주님. 장학과 양초랑은 단도나 비수를 무기로 사용하지 않습니다. 거기다 장학은 죽었지요……. 허나 그들이 원인을 제공한 것도 사실이지요. 양초랑을 이대로 둘 수는 없습니다. 그리고 그 이름 모를 일행도 마찬가지지요."

"그렇지……. 그럼 흉수는 누구라고 생각하나?"

추야장의 시선에 공손의는 짧게 대답했다.

"이미 아실 겁니다."

"그래……."

추야장은 씁쓸한 표정으로 고개를 끄덕였다. 공손의의 말대로 흉수가 누구인지 이미 파악한 상태였다. 자영영과 붙어 있어야 할 백귀의 행방을 어디서도 찾을 수 없었기 때문이다. 그리고 백귀는 단도를 무기로 사용하였으며, 자영영의 품에 있어야 할 백귀의 해약도 없는 상태였다.

추야장은 곧 시선을 장구조에게 던졌다.

"수정궁에 연락하게."

"수정궁에 말입니까?"

"그래……. 영아가 탈출했다는 말과 함께 영영이가 죽었다는 말도 전하게."

"알겠습니다."

장구조가 대답하자 추야장이 공손의에게 물었다.

"후위는 어디에 있지?"

"지금 양초랑과 그 이름 모를 놈을 찾고 있습니다."

"찾는 즉시 죽이고 그 목을 가져오라 하게. 혹시 모르니 자네도 가보고. 다섯째의 말로는 그 알 수 없는 놈의 무공이 고강하다고 하더군……. 걱정이야."

"예."

공손의가 읍하자 옆에 있던 감록이 나섰다.

"저도 가겠습니다."

"너는 못 간다. 자아의 빈자리를 메워야 하니. 너는 지금 즉시 서안으로 가거라."

"하지만!"

감록이 그 말에 목소리를 크게 내려다 추야장의 날카로운 시선에 더 이상 말을 하지 못하고 물러섰다.

"죄송합니다, 스승님……. 명을 따르겠습니다."

감록의 대답에 추야장은 곧 좌중을 둘러보며 말했다.

"화장 준비를 하고 되도록 바깥출입을 삼가라. 또한 외부에 이 일이 알려지지 않도록 각별히 주의하고……. 나는…… 좀 쉬어야겠다."

추야장은 그렇게 말한 후 자리에서 일어났다. 그의 표정에 힘이 없고 안색이 어두우니 모두들 걱정스러운 듯 바라보았다. 추야장은 느린 걸음으로 대전을 나가 자신의 방으로 이동하였다.

"휴우……."

"어떻게 이런 일이……."

추야장이 나간 대전에 남은 사람들은 모두 침통한 표정이었다. 그만큼 자영영의 죽음은 그들에게 충격이었다.

"아버님……."

방 안으로 들어온 추소령은 침통한 표정으로 의자에 홀로 앉아 있는 추야장의 옆모습을 가만히 쳐다보았다. 오늘따라 그녀의 부친은 힘이 없어 보였고, 그래서인지 가슴이 아파오는 것을 느꼈다. 그제서야 추소령은 자영영이 죽었다는 사실을 실감하였다.

"아버님……. 저예요."

"오! 우리 딸이구나."

추야장은 갑작스럽게 다가온 추소령의 목소리에 애써 눈을 만지며 표정을 바꾸려 했다. 하지만 쉽지 않은 일이었다.

"그래, 무슨 일로 이 애비 방에 이렇게 왔느냐?"

"소식 듣고 왔어요."

추소령의 말에 추야장은 깊은 숨을 내쉬며 침중한 표정으로 창밖의 정원을 바라보았다. 그러자 그 앞에 선 추소령은 차를 따르며 말했다.

"기운 내세요."

"고맙구나……."

추야장은 추소령의 말에 애써 미소를 보였다.

"조금 쉬세요……. 많이 피곤해 보여요."

"그럴까? 후후……. 네 말을 들으니 좀 쉬고 싶긴 하구나……. 하지만 잠이 올지 모르겠다."

"아버님……."

추야장의 힘없는 모습에 추소령도 가슴이 아파왔다.

"저……."

추야장의 어깨를 잡고 있는 추소령의 모습을 멀리서 지켜보는 손란의 눈동자에 질투심이 어렸다. 하지만 그것도 잠시뿐이었다. 그녀는 여린 표정을 보이며 빠른 걸음으로 추야장의 방에 들어갔다.

"저예요."

손란이 들어오자 방 안에 있던 추소령은 뒤로 물러섰다. 그녀는 곧 추야장에게 인사했다.

"저는 이만 가볼게요."

"그래……. 그렇게 하거라."

"말씀 나누세요."

추소령은 손란에게 인사한 후 밖으로 나갔다. 손란은 고개를 숙이며 그녀가 나가기를 기다렸다. 그리고 추소령이 밖으로 나가 정원 너머로 사라지고 나서야 고개를 들었다. 추소령의 기도가 워낙 강해 손란은 그녀를 쳐다볼 수가 없었다.

거기다 손란을 시기하는 둘째 부인의 딸이 추소령이었다. 그렇다 보니 사이가 좋지 않았고, 지금까지 대화다운 대화를 나눈 적도 없었다.

"많이 힘드시겠어요."

손란의 말에 추야장은 손란의 손을 잡으며 고개를 저었다.

"아니오……."

"거짓말 마세요. 당신의 눈가에 주름이 생겼어요……."

손란은 손을 들어 추야장의 눈가를 만져주었다. 추야장은 그런 손란의 손을 잡으며 미소를 보였다.

"조만간 잘 해결될 것이오. 당신도 알다시피 나는…… 받은 것만큼은 무슨 일이 있어도 돌려주는 사람이라오."

"예…… 그럼요."

손란은 그 말에 미소를 보였다.

제6장

타인의 잘못은 감싸줘라

스승님은 늘 내게 다른 사람의 부끄러움과 잘못은 감춰주라고 하셨다. 그게 타인과의 대화에서 가장 필요한 덕(德)이란 말도 하셨다. 하지만 어디 그게 쉬운 일인가? 타인의 잘못을 감싸주는 것보다 오히려 혼내는 것이 더욱 효과적이지 않을까? 그런 생각을 늘 하였다. 그런데 스승님은 나중에 또 다른 말을 해주셨다.

타인이 자랑스러워하는 것을 아름답게 꾸며주라는 말이었다. 결국 타인의 자랑을 부풀려주고 잘못을 감춰줘야 한다는 말이었다. 그게 타인을 자기 사람으로 만드는 방법이라 하였다.

솔직히 난…… 그 말에 공감하지 않았다.

깊은 산중에 반쯤 허물어진 통나무집이 있었다. 가끔 오가는 약초꾼들이나 사냥꾼들이 잠시 쉬기 위해 만들어놓은 곳처럼 보였다.

사람의 인기척도 없어 보이고 길도 찾기 어려운 첩첩산중에 집이 있다는 것 자체가 신기할 뿐이었다.

집 안에는 양초랑이 마른 풀 위에 누워 있었고 그 옆에서 장권호가 잠을 자고 있었다.

우르릉! 쾅!

갑작스럽게 벼락이 치는 굉음에 눈을 뜬 장권호는 좁은 창문을 통해 밖을 내다보았다. 하늘을 보니 금방이라도 비가 올 것 같았다. 곧 장권호는 밖으로 나가 말리려고 널어둔 고기들을 들고 다시 들어와 불을 피웠다.

쏴아아아!

그의 생각대로 얼마 지나지 않아 하늘에서 비가 폭포수처럼 떨어져 내렸다. 장권호는 고기를 구우며 양초랑이 일어나기를 기다렸다. 하지만 양초랑은 벌써 삼 일이 지났는데도 일어날 기미가 안 보였다.

거기다 장학의 안위가 걱정되었다. 아직 장학의 소식을 듣지 못하였기 때문이다. 어딘가에 살아 있으리라 생각했다. 하지만 가슴 한쪽에서는 장학이 죽었을지도 모른다는 불안감이 느껴졌다.

장학의 추종술이라면 충분히 자신들을 찾아내고도 남을

시간이 지났는데도 아직 모습을 보이지 않기 때문이었다. 거기다 비까지 오자 더욱 기분이 나빠졌다.

"고기……."

양초랑이 냄새를 맡았는지 '고기'라고 중얼거리며 움직였다. 곧 양초랑은 마치 무언가 놀란 사람처럼 눈을 번쩍 뜨더니 한쪽에 앉아 고기를 불에 굽고 있는 장권호를 발견하곤 몸을 용수철처럼 튕겨 일어났다.

양초랑은 빠르게 다가와 다 익은 고기를 먹었다. 그 모습을 본 장권호는 슬쩍 미소를 입가에 걸고는 천천히 먹기 시작했다.

후두둑! 뚝뚝!

천장의 틈에서 빗방울이 떨어지자 양초랑은 고개를 들었다. 그리곤 불현듯 생각난 사람처럼 말했다.

"어찌 되었지? 한상운 그 새끼 때문에 정신을 잃은 것 같은데."

"일단 피했어. 네 몸도 치료해야 했고……."

장권호의 말에 양초랑은 고개를 끄덕였다. 그러다 장학이 안 보이자 물었다.

"장학은?"

장권호는 고개를 저었다. 그 모습에 양초랑은 안색을 바꾸며 중얼거렸다.

"죽은 건가……?"

"그건 몰라……. 아직 못 봤으니 단정 짓지는 말자고."

"그래."

양초랑은 대답하며 나머지 고기를 씹었다. 장권호가 그런 양초랑을 보며 말했다.

"어때?"

"뭐가?"

양초랑은 장권호의 질문에 담긴 의도를 파악 못했다는 표정으로 쳐다보았다. 장권호는 벽에 기대어 앉으며 다시 물었다.

"복수의 길을 걸으니 어떠냐고 물었어……."

장권호의 말에 양초랑은 안색을 바꾸며 짧은 숨을 내쉬었다. 그리곤 바닥에 누우며 말했다.

"힘드네……."

그의 단순한 대답에 장권호는 미소를 보였다. 그의 말대로 힘든 일이었기 때문이다. 다른 어떤 말보다 가슴에 와 닿는 말이었다.

잠시 후, 장권호는 문득 생각났다는 표정으로 말했다.

"자 소저는 죽었다."

"……!"

양초랑의 눈동자가 커졌다. 생각지도 못한 소식을 들었기 때문이다.

"정말이야?"

양초랑이 놀란 표정으로 묻자 장권호는 선선히 고개를 끄덕였다. 그러자 양초랑은 믿을 수 없다는 듯 말했다.
"설마…… 네가 죽였을 리는 없고……."
"내가 안 죽였어."
장권호의 대답에 양초랑은 그럴 줄 알았다는 듯 일어나 벽에 기대었다.
"누가 죽였는데?"
"어떤 여자인데…… 얼굴에 백색 귀면탈을 쓴 여자였어. 누군지 아나? 이름이 서영아라고 하던데……."
장권호의 물음에 양초랑은 고개를 갸웃거리며 전혀 모르겠다는 표정을 보였다.
"처음 들어보는 이름인데……."
양초랑의 대답에 장권호는 더 이상 입을 열지 않았다.
"그런데 그 여자가 자 소저를 죽였다고?"
"그래."
"허어……. 귀문이 절대 가만두지 않겠는걸……."
"그건 우리도 마찬가지 아닌가?"
장권호의 물음에 양초랑은 놀란 표정으로 눈을 크게 뜨더니 이내 크게 웃었다.
"하하하하! 그것도 사실이군!"
양초랑은 재미있다는 듯 그렇게 크게 웃더니 곧 가부좌를 하고 앉았다.
"아무래도 마음이 놓이지 않아. 나는 운기조식할 테니 잘

부탁하네."

"그래."

장권호의 대답에 곧 양초랑은 운기에 들어갔고 장권호는 곧 자리에서 일어나 작은 창문 너머로 밖을 내다보았다.

비는 여전히 내리고 있었고 하늘도 여전히 흐릿했다. 해가 뜨려면 시간이 꽤 걸릴 것처럼 보였다. 앞을 바라보던 장권호의 눈동자가 살짝 반짝였다.

"비가 오는 날이라……."

장권호는 가만히 중얼거리며 천천히 밖으로 나갔다.

쏴아아!

굵게 내리던 빗방울이 이제는 조금 가늘어졌다. 통나무집 앞으로 나온 장권호는 비를 맞으며 정면의 깊은 수림을 쳐다보았다. 수림 너머에서 무언가 움직이는 것 같았기 때문이다.

쐬애액!

순간, 날카로운 경기가 실린 화살 하나가 장권호의 미간을 향해 날아들었다. 장권호가 표정을 굳히고 재빨리 왼손을 앞으로 뻗었다.

팍!

화살대를 손으로 잡은 장권호의 표정이 더없이 차갑게 변하였다. 화살에 실린 경기로 인해 손바닥이 뜨겁게 달궈졌기 때문이다. 거기다 따끔거리는 아픔까지 전해졌다. 정말 오랜만에 느껴지는 아픔이었다.

삼쇄공을 완벽하게 터득한 이후로 이런 아픔을 느낀 것은 처음이었다.

뜨드득!

거대한 대궁의 활시위를 뒤로 당긴 손은 미세하게 떨리고 있었고, 그 떨림은 활대를 잡은 오른손에까지 전해지고 있었다. 눈은 수풀 너머에 서 있는 적을 향하고 있었으며, 비에 젖어 몸에 달라붙은 흑의가 금방이라도 터질 듯 꿈틀거렸다.

둥!

활시위를 놓자 날카로운 소성을 낸 화살이 오십 장의 거리를 뚫고 낮은 곡선을 그리며 번개처럼 날아갔다.

'좋아!'

철마대(鐵馬隊)의 궁혼귀(弓魂鬼) 운소한은 자신의 화살이 정확하게 적의 얼굴을 박살낼 거라 확신했다. 하지만 거짓말처럼 자신의 화살을 잡은 상대를 보자 안색이 바뀌었다.

"뭐…… 저런 놈이 다 있어?"

"왜? 무슨 일인데? 안 맞았나?"

밑에 있던 동료들이 그가 앉아 있는 나뭇가지 옆으로 올라오며 물었다. 그러자 운소한은 화살을 하나 더 꺼내 활시위에 매겼다.

"내가 쏜 화살을 저놈이 잡았어……."

운소한의 말에 동료들의 표정이 굳어졌다. 운소한의 화살이 어느 정도의 파괴력을 지녔는지 잘 알기 때문이다.

퉁!

쐐애애액!

또 하나의 화살이 활시위를 떠나 숲을 가로질렀다. 삽시간에 적의 코앞까지 날아간 화살은 그대로 미간을 꿰뚫을 것 같았다. 하지만 상대는 또다시 화살을 잡아버렸다.

"……!"

운소한의 표정이 굳어졌다. 그리고 상대의 눈과 자신의 눈이 마주친 것을 확인했다.

"놈이 우리를 보고 있습니다."

운소한의 말에 나무에 기대어 서 있던 후위가 건포를 꺼내 입에 물며 말했다.

"쳐."

그의 말에 나뭇가지에 있던 철마대원들이 일제히 숲을 가로질러갔다. 후위는 건포를 거칠게 씹으며 천천히 걸음을 옮겼다.

"오랜만에 재미있겠는데……. 운소한의 화살을 잡는 상대라……. 후후."

스릉!

후위는 어깨에 걸친 검을 뽑아 들고 앞을 막고 있는 잔가

지들을 쳐내며 전진하였다.

쉬아악!

나무 위로 솟구친 화살이 유려한 곡선을 그리며 떨어져 내렸다. 그러한 모습에 장권호는 대단하다는 생각이 들었다. 활을 정말 잘 쏘는 인물을 만났기 때문이다. 어릴 때부터 무공을 수련하다 심심하면 장난감 삼아 가지고 놀던 것이 활이었다.

그 당시 스승님께 받은 활이 대궁이었기에 처음에는 다루기 어려웠지만 요령이 생긴 이후로는 곧잘 활을 쏘곤 했다.

쐐애액!

허공에서 곡선을 그리며 떨어지는 화살에 시선을 고정하고 있을 때, 갑자기 숲에서 좀 전과 같이 강렬한 경기를 머금은 화살이 날아들었다.

피할 수 있는 화살이 아니었다. 거의 직선을 그리며 날아오는 화살을 피할 경우 뒤에 있는 통나무집에 격중될 것이고, 자신의 손이 아픔을 느낄 정도의 위력을 지닌 화살에 격중당하면 통나무집은 반토막이 날 게 분명했다.

혼자라면 피하겠지만 지금은 통나무집 안에서 양초랑이 운기를 하고 있다. 적어도 친구에게 피해를 주는 일은 없어야 하지 않을까? 장권호는 피할 수 없는 화살임을 알기에 오른손을 들었다.

팍!

화살을 손에 쥐는 순간, 정수리로 곡선을 그리던 화살이 떨어졌다. 그와 동시에 장권호의 신형이 흐릿하게 흔들리더니 다음 순간 반보 물러나 있었다.

팍!

화살은 장권호의 발밑에 상당히 깊이 박혀 들어갔고, 땅 위로 드러난 화살대는 크게 흔들렸다. 장권호는 허리를 숙여 박혀 있는 화살을 뽑아 오른손에 쥐었다. 그러자 오른손은 네 대의 화살을 쥔 상태가 되었다.

허리를 펴며 고개를 드는 순간, 그의 눈에 나무 위에서 떨어져 내리는 두 명이 잡혔다.

쉬쉭!

은빛 섬광이 머리를 잘라오자 장권호는 고개를 숙여 피한 후 왼쪽에서 허리를 찔러오는 검을 반보 이동해서 피했다. 가볍게 피한 장권호는 좌우로 내려선 두 청년들을 바라보다 곧 시선을 앞으로 던졌다. 그 순간, 수풀 사이에서 검 하나가 섬광을 번뜩이며 날아들었다.

검에 실린 힘이 강하다는 것을 안 장권호는 재빠르게 반보 옆으로 이동해 검날이 가슴을 스쳐가게 하였다. 그리곤 왼손을 들어 반격하려던 찰나, 뒤통수를 찔러오는 검기의 차가움에 낮게 앉았다.

파파팟!

세 명의 검을 피한 장권호의 행동은 상당히 신속했고 빨랐다.
"하압!"
철마대원 세 명은 기합을 내지르며 더욱 정교하고 빠르게 장권호를 핍박했고, 장권호는 여전히 손에 화살을 든 채 보법만으로 피했다.
쉬쉭!
바람을 가르는 검 끝을 노려보는 장권호의 눈빛은 차갑고 담담했다.

"대단하군."
"잡힐 것 같으면서도 안 잡히게 피합니다."
후위는 숲속에서 장권호의 움직임을 세세하게 살피고 있었다. 그리고 철마대의 세 명이 장권호 한 명을 어쩌지 못하기에 표정이 굳어 있었다. 그렇다고 인원을 더 보낼 생각도 없었다. 한 사람을 상대하기에는 딱 세 명이 가장 적당하고 효율적인 인원이었기 때문이다.
그렇기 때문에 철마대는 공격 시 홀수로 움직였다. 귀문의 최정예인 철마대는 후위를 대주로 맞이한 이후 단 한 번도 상대를 살려둔 적이 없었다.
"천천히 구경이나 하지요."
옆에서 호리호리한 몸매의 여자가 말하자 후위는 고개를 끄덕였다. 그러다 시선을 옆의 나무 위에 앉아 있는 운소한에게 던졌다.

"가끔 도와주라고."

"예."

운소한은 그 말에 대답하며 화살을 하나 꺼내 들었다.

파팟!

머리와 다리를 스치는 검을 피한 장권호는 수풀 속에 서 있는 다섯 명과 나무 위에 앉아 있는 한 명을 천천히 눈에 담았다. 그들은 상당히 여유로운 표정이었으며, 마치 지금의 싸움이 자신들과 아무런 상관도 없다는 듯 구경하고 있었다.

'세 명이 최대 인원인 모양이군.'

장권호는 생각하며 살짝 미간을 찌푸렸다. 한꺼번에 덤비는 게 차라리 상대하기 편하기 때문이다. 그리고 그걸 유도할 생각으로 이들의 검을 아슬아슬하게 피하고 있었다.

하지만 더 이상 남은 인원이 합세하지 않는다면 지금 상대하는 이들의 검을 피하기만 할 이유도 없었다.

쉭!

날카로운 소성을 일으키며 허리를 잘라오는 은빛 검날에 장권호는 신형을 멈추었다. 아니, 멈춘 것처럼 보였다. 하지만 장권호는 반보 앞으로 이동해 허리를 잘라오던 상대의 면전에 나타났다.

퍽!

검으로 허리를 베어야 했는데 팔뚝으로 장권호의 허리를 친 셈이 된 철마대원이 눈을 부릅떴다. 그 순간, 장권호의 오른손이 가볍게 목을 스쳤고, 철마대원은 비명도 지르지 못하고 의식을 잃었다. 장권호의 움직임에 남은 두 사람은 크게 놀랐으나 이미 초식을 펼치고 있었기에 거두기가 어려웠다.

한 명은 뒷목을 향해 위에서 아래로 잘라갔고, 또 한 명은 낮은 자세로 아래에서 위로 검을 치켜 올리며 장권호의 사타구니를 노리고 있었다.

장권호는 슬쩍 고개를 숙였다.

휭!

바람 소리를 내며 검이 머리를 스치고 지나치는 찰나, 위로 솟구치는 검을 본 장권호가 신형을 돌리고 앞으로 반보 이동시키며 무릎을 들었다.

빡!

솟구치던 철마대원의 안면을 무릎으로 가격한 장권호는 그 반동을 이용해 반회전하며 뒷목을 베는 데 실패한 철마대원이 미처 자세를 잡기도 전에 뒤통수를 수도로 내리쳤다.

퍽!

"컥!"

눈을 부릅뜨고 신음성을 내뱉은 철마대원은 곧 힘없이 바닥에 주저앉았다. 이 모두가 찰나의 순간에 일어난 일이었고, 구경하던 남은 철마대원들의 눈에는 장권호의 신형이 세 사람으로 보였을 정도로 쾌속했다.

쉬악!

장권호의 왼편에서 바람 소리가 일어나자 장권호의 왼손이 가볍게 들렸다.

팍!

그의 손안으로 화살이 또 한 대 잡혔다. 장권호는 살짝 인상을 찌푸리며 화살을 오른손에 옮겨 쥐고 말했다.

"살고 싶다면 지금이라도 돌아가는 게 좋을 거야."

장권호의 낮은 목소리에 후위가 어이없다는 표정으로 크게 웃었다.

"하하하하! 정말 대단하군, 대단해!"

후위는 장권호의 당당함이 마음에 들었는지 숲에서 나오며 말했다.

"세상에는 이름 모를 고수가 많다고 하더니, 사실이야……. 지금 내 눈앞에 바로 그 이름 모를 고수가 한 명 있으니까."

후위는 곧 검을 늘어뜨린 후 비릿한 살기를 보이며 다시 말했다.

"너 같은 놈…… 싫지는 않아……. 아주 마음에 들어……. 하지만 상대를 잘못 골랐어. 우리가 누군지 잘 모르는 모양이야……."

후위의 말에 다른 철마대원들 역시 입가에 미소를 보이며 여유 있는 표정을 보였다. 그들의 모습에 장권호는 슬쩍 입가에 미소를 걸었다.

"훗! 내가 진심으로 대해야 좀 정신을 차릴 놈들이군."

팟!

말이 끝남과 동시에 장권호의 신형이 사라졌다.

"헉!"

후위는 자신의 시야에서 장권호의 신형이 사라지자 매우 놀란 듯 눈을 부릅떴다. 그때, 뒤에서 미세한 마찰음이 들렸다.

뿌득!

"……!"

후위는 재빠르게 신형을 돌렸다. 그리고 목이 돌아간 자신의 수하가 보이자 안색을 바꿨다. 장권호는 쓰러지는 수하의 뒤에서 여전히 미소를 보이며 후위를 쳐다보고 있었다.

"이놈!"

후위의 검이 늑대처럼 사납게 장권호를 향했다. 그 순간, 장권호의 신형이 옆에 있던 철마대원에게 향했다.

이미 장권호의 빠른 움직임을 간파한 철마대원들은 무기를 손에 쥐고 대비하였다. 그 짧은 순간 만에 그들이 보여준 기민한 움직임에 장권호는 철마대가 생각보다 고수들이란 것을 알았다. 하지만 변하는 것은 없었다.

파팟!

검광이 번뜩이는 찰나, 장권호의 신형이 검신을 피해 가슴 안쪽으로 파고들었다.

퍽!

가볍게 정권으로 명치를 친 장권호는 신형을 돌렸다.

"크어어억!"

그러자 명치를 가격당한 대원이 입을 크게 벌리더니 이내 바닥에 고꾸라졌다. 그 순간 장권호의 신형이 사라지고, 그 자리는 다른 대원들의 검이 허무하게 가르고 지나갈 뿐이었다.

"크악!"

순간, 나무 위에 있던 운소한의 입에서 비명이 터져 나왔다. 모두의 시선이 나뭇가지 위로 향하자 가지에 걸린 채 눈을 감고 있는 운소한의 모습이 잡혔다. 하지만 이번 역시 어디에도 장권호의 모습은 없었다.

퍽!

그때, 후위의 바로 옆에 서 있던 유일한 여자 대원인 석비화의 신형이 마치 사시나무 떨듯 흔들렸다.

털썩!

석비화가 게거품을 물고 바닥에 쓰러지자 후위의 눈동자가 더없이 커졌다.

"마지막인가?"

퍽!

후위는 또다시 뒤통수 쪽에서 충격음이 들리자 반사적으

로 몸을 돌렸다. 그곳에 마지막으로 서 있던 철마대원 하나가 눈을 감은 채 나무에 힘없이 기대어 있는 게 보였다. 그리고 그 옆에 서 있는 장권호의 모습에 후위는 검을 들어 올렸다.

"이놈…… 어디서 요상한 기술을 부리느냐!"

핏!

순간, 후위의 눈에 장권호의 신형이 흐릿하게 변하는 것이 보였다.

"헉!"

자신도 모르게 헛바람을 들여마신 후위는 자신의 이마를 누르는 장권호의 검지손가락을 보았다. 그리고 어느새 가슴 앞에 서 있는 장권호를 쳐다보았다.

"상대를 잘못 골랐다고 했나?"

"이…… 이놈……. 네놈은 도대체 누구냐?"

"장권호."

툭!

장권호의 검지가 살짝 이마를 눌렀다. 그러자 후위의 신형이 흔들리더니 곧 바닥에 힘없이 쓰러졌다.

장권호는 단 두 명을 제외하고는 모두 기절시켰다. 처음 덤빈 두 명을 죽인 이유는 쓸데없는 싸움을 피하기 위해서였다. 하지만 이들은 자신들의 능력을 과신한 나머지 장권호의 경고를 무시했다.

장권호는 살인을 즐기는 사람이 아니었다. 그렇다고 안 하는 사람도 아니었다. 단지 지금은 이들을 죽일 이유가 없었을 뿐이다. 거기다 귀문에 자신의 이름을 정확하게 알릴 필요가 있다고 판단했다. 이들이 돌아가면 귀문은 자신을 경계하고 더욱 강한 상대를 보낼 것이다.

"활이라……."

장권호는 운소한이 쓰던 대궁을 손에 쥐고는 이리저리 돌려보다 곧 활시위를 당겼다가 튕겼다.

팅!

가벼운 소리에 장권호는 마음에 든다는 듯 미소를 보이며 화살을 재우고 활시위를 당겼다.

뚜둑!

활이 당장이라도 부러질 듯 크게 휘었다. 장권호는 곧 숲속을 이리저리 겨누다 어느 한곳을 향해 멈춰 서곤 시위를 놓았다.

쐐애액!

강력한 경기를 담은 화살이 섬전처럼 숲속으로 날아갔다.

쾅!

십여 장 정도 앞에서 강력한 폭음이 일어나며 굵은 나무 한 그루가 쓰러졌다. 화살에 적중당한 나무가 힘을 이기지 못하고 부러진 것이다. 그러자 쓰러지는 나무 뒤에서 한 사람이 높이 솟구치더니 옆의 나무 꼭대기에 모습을 보였다.

"네놈은 누구냐?"

나무 꼭대기에 서 있는 중년인은 차가운 인상이었고 눈빛은 표정보다 더욱 차가워 아무런 감정도 드러내지 않고 있었다. 장권호는 곧 세 개의 화살을 활에 재워 중년인을 겨누며 말했다.

"아까도 말하지 않았소? 장권호라 하오."

"어느 문파인지 물은 것이다."

"당신은?"

"공손의다."

공손의란 이름을 다른 사람들이 들었다면 혼비백산(魂飛魄散)했을 것이다. 그는 귀문에서도 손에 꼽는 고수였으며, 풍운회의 노린과 함께 암기술과 비도술로 강북제일을 다투는 자였다.

"장권호라 했나? 네놈은 좀 위험한 놈이군."

공손의는 말을 하며 품에서 철조를 꺼내 마치 장갑처럼 손에 끼웠다. 철조의 앞쪽은 송곳니처럼 긴 철침이 튀어나와 있었는데, 그 끝이 매우 날카로웠다. 철침의 길이는 족히 손가락 하나 정도 되었다. 특이한 점이 있다면 재질은 쇠 같은데 전체적으로 남청색을 띠고 있다는 점이었다.

"오랜만에 청살조(青殺爪)를 써보는군."

공손의는 가만히 중얼거리며 천천히 장권호의 앞으로 내려섰다. 장권호는 잠시 공손의를 바라보다 곧 당기고 있던 활을 내려놓으며 말했다.

"꽤나 흥미로운 무기를 쓰는 것 같소."

"처음 보나?"

장권호는 처음 보는 무기가 아니기에 고개를 저었다. 단지 보기만 했지 실제로 철조를 사용하는 사람을 처음 본 것뿐이다.

"본 적이 왜 없겠소? 단지 상대를 해본 적이 없을 뿐이오."

"이 기회에 한번 겪어보는 것도 나쁘지는 않을 것이네."

공손의의 말에 장권호는 고개를 끄덕이다 문득 무언가가 생각난 듯 말했다.

"잠시 기다시오."

장권호는 그렇게 말한 후 공손의를 보지도 않고 통나무집 안으로 들어갔다. 곧 밖으로 나온 장권호의 손에는 검이 들려 있었다.

"호오…… 검법을 쓰는가?"

"조금 다룰 줄 안다오."

휙! 휙!

장권호는 검을 이리저리 움직이다 곧 그 끝을 공손의에게 겨누며 말했다.

"중원에 나와 검을 드는 것은 처음이오."

"영광이군. 그럼 시작할까?"

공손의의 말에 장권호는 미미하게 고개를 끄덕였다. 그리고 둘의 신형이 바람처럼 달라붙었다.

*　*　*

감숙성 서남부에 위치한 안창산 깊숙한 곳에 커다란 분지가 있었고 그곳에 감숙의 패자인 수정궁이 있었다.

분지 안쪽으로 늘어선 수많은 고루거각들과 분주하게 움직이는 많은 수의 무사들이 수정궁의 위세를 나타내고 있었다.

수정궁에서도 가장 깊숙한 곳에 자리한 태평전은 수정궁주와 그 식솔들이 지내는 곳으로, 안에는 가산(假山)까지 있을 정도의 거대한 규모를 자랑했다.

태평전 안쪽으로 붉은 담장에 둘러싸인 적화원은 태평전에서도 가장 화려하고 아름다운 정원을 가진 곳이었다.

"좋은 소식이네."

크고 화려한 방 안에는 조금 큰 키에 여우 같은 눈과 긴 흑발을 가진 이십 대 중반의 여자가 서 있었다. 그녀가 서찰을 손에 쥐고 중얼거렸다. 그녀는 천천히 걸음을 옮겨 다탁 앞에 앉았다.

"영아가 탈출이라니……. 호호!"

그녀는 소리 내어 웃으며 정말 기쁜 듯 어깨를 흔들었다. 곧 그녀는 어떤 생각이 떠오른 듯 눈을 반짝이며 자리에서 일어나 밖으로 뛰어나갔다.

"어머니! 어머니!"

그녀는 연신 어머니를 외치며 어디론가 달려갔다.

화려하게 꾸며진 실내의 침상 위에 반라의 옷차림으로 앉아 있던 제선선은 갑자기 문을 열고 뛰어 들어오는 추소려의 모습에 자리에서 일어섰다. 그러자 주변에 있던 시비들이 옷을 입혀주었다.

"어머니!"

추소려가 크게 외치며 기뻐하는 표정으로 다가오자 제선선은 탁자 위에 놓인 찻잔을 들고 물었다.

"미친 망아지처럼 웬 호들갑이니?"

그녀의 말에 추소려는 서찰을 흔들며 말했다.

"귀문에서 온 것인데 영아가 탈출했다고 하네요. 그것도 자영영을 죽이고 말이에요. 깜짝 놀랄 일이 아닌가요?"

그녀의 말에 제선선은 살짝 눈살을 찌푸렸다.

"이미 알고 있는 일이다."

"벌써 알고 계셨어요?"

"나도 좀 전에 소식을 들었다. 마침 네게 이야기를 하려던 참이었고."

"그럼 잘되었네요."

탁자 옆에 놓여 있는 의자에 제선선이 앉자 추소려가 그 맞은편에 앉았다.

"무엇이 잘되었다는 뜻이냐?"

"영아가 탈출했으니 분명 제게 올 거예요. 그러니 제가 미리 나가서 만나주면 안 될까요?"

추소려의 말에 제선선은 눈을 흘기더니 이내 고개를 저었다.

"그건 안 된다. 눈이 뒤집혀 있을 텐데 나가서 무얼 하겠다는 것이냐? 분명 그 계집은 이곳에 올 테니 그냥 가만히 기다리기만 하거라."

"그럼 너무 심심하잖아요."

추소려의 말에 제선선은 아미를 찌푸렸다.

"그 계집은 귀문의 무공과 본 궁의 무공을 동시에 익힌 년이야……. 어릴 적에 너와 어느 정도 상대가 되어야 했기 때문에 영약을 먹여 임독이맥을 타통시켜주었다. 거기다 무공에 대한 이해도 빠른 아이였어……. 지금은 어느 정도 수준인지 가늠하기가 힘들다."

"이미 알고 있는 일이에요."

그 말에 제선선은 다시 말했다.

"그 아이는 네게 원한이 많아. 그걸 잊은 것이냐? 그 계집이 해약을 가지고 탈출했다고 하니…… 네가 그렇게 재촉하지 않아도 조만간 만날 것이야. 그러니 그만 네 방으로 가거라."

"그러니까 제가 미리 나가서 잡겠다니까요."

추소려가 다시 한 번 재촉하듯 말하자 제선선은 이마를 짚으며 고개를 저었다. 위험한 일에 자신의 딸을 빠뜨리고 싶지 않았기 때문이다.

"네 방에 가서 기다리거라. 애들을 보냈으니까."

"음……."

애들을 보냈다는 말에 추소려의 표정이 굳어졌다. 이미 손을 썼다는 말에 실망한 것이다. 그 표정을 읽은 제선선이 말했다.

"너는 고 계집을 만나려는 게 아니라 그냥 밖에 나가고 싶은 게 아니냐? 요즘 한동안 밖에 나가지 못해 좀이 쑤신 모양이구나."

"아니에요."

추소려가 손을 저으며 대꾸하자 제선선은 다시 말했다.

"그리고 한 가지 알아둘 게 있는데, 고년이 자영영의 얼굴 가죽을 벗겼다고 하더구나."

"……!"

추소려의 눈동자가 순간적으로 굳어졌다. 서영아가 어떤 아이인지 추소려는 잘 알고 있었다. 어떠한 구박과 고통을 겪더라도 불평불만 없던 아이였다. 그런 아이로 지금까지 생각하고 있었다.

"그년은 분명…… 네 얼굴 가죽도 벗기려 들 게야……."

"그거 정말 재미있네요."

추소려는 본래의 표정으로 돌아와 눈을 반짝이기 시작했다.

"만남이 기대되는데요."

"후후……."

추소려의 말에 제선선은 미소를 보였다. 추소려의 자신감이 마음에 들었기 때문이다. 곧 제선선이 다시 말했다.

"그 계집에게 시간은 불과 일 년이다. 그 일 년 안에 분명 결판을 지으려 할 테니 조급히 굴지 말거라. 오히려 만나고 싶은 마음은 너보다 그 계집이 더 클 게다."

"알았어요. 기다릴게요."

추소려는 대답하며 자리에서 일어섰다.

"저녁에 이가네 아들과 식사 약속이 있다는 사실도 잊지 말고."

"네, 어머니."

밝게 미소를 보인 추소려는 빠른 걸음으로 나갔다. 그녀가 나가자 제선선은 날카로운 눈빛으로 허공에 말했다.

"소려를 감시해……. 조만간 몰래 궁을 나갈 것 같으니."

"존명."

낮은 음성이 흐른 직후, 그림자 하나가 제선선의 머리 위를 지나쳐갔다. 제선선은 그제야 안심한 듯 깊은 숨을 내쉬며 자리에서 일어났다.

"집무실로 가자."

"예."

그녀의 말에 시비들이 읍하고 옷을 준비했다.

제7장

모르는 게 낫다

산 아래 살고 있던 노인은 말이 많기로 소문난 사람이었다. 노인은 가끔 아이들을 모아놓고 이런저런 옛날이야기를 들려주었는데, 노인을 좋아하지는 않았지만 그이야기가 좋아 이따금 산을 내려가 아이들과 어울려 노인의 이야기를 듣곤 했다.

그런 노인이 어느 날 누군가의 손에 의해 죽었다고 하였다. 흉수는 누구인지 모르나 사람들은 평소 말이 많아 언젠가는 그렇게 될 줄 알았다고 떠들었다.

그 수군거리는 소리를 들으면서 나는 슬퍼했던 것 같다. 아마…… 더 이상 옛날이야기를 해줄 사람이 없어서 그랬던 것이 아닐까?

획!

허공을 가르고 내려오는 검을 양손으로 잡은 공손의의 이마에 땀방울이 맺혔다. 공손의는 자신을 무심히 쳐다보는 장권호를 날카로운 안광을 빛내며 노려보았다.

"물어볼 게 있소."

"후후……. 싸움 중에 질문이라……. 재미있군."

공손의는 힘겹게 입을 열었다. 그런 그의 전신이 조금 흔들리고 있었다. 검을 누르는 장권호의 힘이 상상을 넘어설 만큼 강대했기 때문이다. 버티는 것도 고작이었다. 아니, 이렇게 버티는 것만으로도 공손의가 대단하다고 해야 하는 것일까?

공손의는 장권호의 무공이 자신의 예상보다 훨씬 높다는 것을 몸으로 느끼고 있었다.

장권호가 물었다.

"무적명을 아시오?"

"……!"

공손의의 표정이 한순간 크게 흔들렸다. 그러자 장권호의 눈빛도 흔들렸다. 무적명을 알고 있다는 것처럼 보였기 때문이다. 그 찰나, 공손의가 재빨리 검을 밀쳐내며 뒤로 물러섰다.

파팟!

물러선 공손의의 소맷자락에서 두 개의 비침이 튀어나와

허공을 날았다. 장권호는 검을 흔들며 비침을 튕겨냈다.
따당!
두 개의 비침이 검면에 맞고 튕겨나가 우측의 나무에 박혔다.
검을 늘어뜨린 장권호는 공손의를 바라보며 다시 말했다.
"모르는 모양이오?"
"솔직히 말해, 알고 있지만 모른다는 게 정답일 걸세."
"그건 무슨 말이오?"
장권호가 묻자 공손의가 손을 앞으로 뻗으며 말했다.
"들어는 보았으나 얼굴을 못 봤다는 말이네."
쉭!
또 하나의 비침이 장권호의 안면을 향해 날아갔다. 장권호는 고개를 돌려 피한 후 재빠르게 한 발 나서며 좌측으로 움직이는 공손의의 허리를 베어갔다.
쉬악!
공기를 가르는 검의 날카로운 소성에 공손의는 신형을 멈추며 반회전했다. 그 순간, 그의 머리카락 사이에서 튀어나온 십여 개의 비침이 장권호의 전신을 노리고 날아들었다.
"……!"
장권호는 설마 머리카락 사이에서까지 비침이 튀어나올 거라 예상치 못하였기에 잠시 놀라워했다. 하지만 그가 놀란 것과는 별개로 검은 기민하게 움직였다.

따다당!

좌우로 움직이며 비침을 튕겨낸 그는 공손의의 목을 잘라갔다. 그러자 공손의가 상체를 뒤로 젖히며 발을 들었다.

팟!

땅을 찬 발이 허공을 가르며 솟구쳤고, 발끝에서 두 개의 비침이 튀어나와 장권호의 복부로 정확하게 날아갔다. 장권호는 우측으로 이동해 피했다.

공손의는 어느새 뒤로 몇 번 돈 후 자리에 내려섰다. 장권호는 망설이지 않고 허공에 검을 찔렀다.

파파팟!

순간, 십여 개의 송곳 같은 검기가 이 장 정도 떨어진 공손의의 전신을 찔러갔다.

"하압!"

공손의가 기합성을 발하며 양손을 들어 막았다.

퍼퍼퍽!

양손으로 검기를 막는 공손의의 신형이 뒤로 밀려나갔다. 바닥에 고랑을 파며 밀려나던 공손의는 검기를 모두 상쇄시키자 손바닥이 뜨겁게 달아오른 것을 느끼곤 장권호를 노려보았다.

"무섭구나……."

"고맙소."

장권호는 공손의의 칭찬에 포권했다. 그러자 공손의가 다시 말했다.

"네놈의 사문은 어디냐? 이처럼 강맹한 검공은 본 적이 없다."

"한 가지 더 물어보고 싶은 게 있소."

장권호는 공손의의 질문을 무시하며 되물었다. 그러자 공손의가 인상을 쓰며 더욱 강한 살기를 보였다. 공손의의 기운이 강해지자 장권호는 내력을 오성 가까이 끌어 올렸다.

"서영아라고, 아시오?"

"……!"

공손의의 표정이 눈에 띄게 변하자 장권호는 다시 말했다.

"그 여자와 귀문과는 어떤 관계인 것이오?"

장권호의 말에 공손의는 들어 올린 손을 내리며 말했다.

"내가 대답하면 네놈도 내 질문에 답해야 할 것이다."

"그렇게 하겠소."

장권호는 선선히 대답해주었다. 사문에 대해 특별히 숨길 것도 없기 때문이다.

공손의는 장권호의 대답에 고개를 끄덕이며 말했다.

"내가 아는 바로, 그 아이는 가신일 뿐이다. 그게 내가 아는 전부다."

공손의의 대답이 의외로 간단하자 장권호는 살짝 미간을 찌푸렸다.

"그럼 이제 내 질문에 답하라. 사문이 어디지?"

"장백파에서 왔소."

"장백……."

공손의는 장권호의 대답에 살짝 눈을 반짝였다. 그는 곧 자세를 잡으며 말했다.

"장백파에서 여기까지 왔다고? 내가 아는 장백파는 이렇게 중원까지 제자를 보내는 일이 없는 것으로 아는데?"

"볼일이 있어서 온 것이오."

"그 볼일은?"

"말할 이유가 없소."

장권호가 잘라 말하자 공손의는 더 이상 묻지 않았다. 장백파의 사람이란 사실을 안 것만으로도 큰 수확이었기 때문이다. 공손의는 무언가 생각하는 표정을 보이더니 곧 한발 물러서며 물었다.

"귀문에 손님으로 오겠나?"

"……!"

장권호의 표정이 변하자 공손의가 다시 말했다.

"실은 장백파에 흥미가 있네. 하지만 기회가 없어 장백파와 연을 만들지는 못하였지. 이 기회에 귀문에 들르게."

"무슨 의도로 하는 말이오?"

장권호의 물음에 공손의가 대답했다.

"있는 그대로 말해주었을 뿐이네. 자네가 장백파의 사람이라면 문주님도 자네와의 일을 눈감아주실 것이네. 또한 우린 자네를 손님으로 맞아줄 수 있어."

"그게 전부요?"

공손의가 고개를 끄덕였다. 장권호는 시선을 돌려 집 안에 있는 양초랑을 생각했다. 그러자 그 의도를 아는지 공손의가 말했다.

"양 소협도 함께하게나."

공손의의 말에 장권호는 미간을 찌푸렸다. 공손의의 갑작스러운 제안 때문이다. 거기다 장백파에 흥미가 있다는 공손의의 말이 마음에 걸렸다. 장권호가 물었다.

"귀문이 본 파에 흥미를 느끼는 이유라도 있소?"

"물론이네."

"궁금하군."

장권호가 낮게 말하자 공손의가 다시 말했다.

"몇 년 전, 장백파의 사람을 만났지……. 정말 대단한 고수였네."

"……!"

장권호의 표정이 굳어졌다. 그러자 공손의가 장권호의 그러한 변화를 읽고 말했다.

"같이 가겠나? 다른 이야기들은 귀문으로 가면서 해주겠네."

"물론이오."

장권호가 흔쾌히 고개를 끄덕였다.

*　*　*

넓은 들판 한가운데에 마치 푸른 대로가 지나는 것처럼 큰 강이 흘렀다. 맑은 빛을 발하는 강 위에 몇 척의 나룻배가 떠다니고 있었고, 강가에서는 마을 아이들이 물놀이를 하고 있었다.

그 모습을 멀리서 지켜보는 노인은 잔주름이 가득한 얼굴이었다. 백염에 백미인 노인은 낚싯대를 강물에 드리워놓고 있었는데, 꽤 긴 시간 동안 미동도 않은 채 먼 산만 바라보고 있었다. 고기들이 노인의 떡밥에는 관심이 전혀 없는지 좀처럼 입질이 없는 모양이었다.

무심한 눈으로 흘러가는 강물을 바라보던 노인은 등 뒤에서 들리는 인기척에 고개를 돌렸다. 그곳에 이십 대 중반의 젊은 청년이 서 있었다. 그는 노인에게 다가와 허리를 숙였다.

"청입니다."

"옆에 앉게나."

"예."

청이라 밝힌 청년은 노인의 말에 읍하고 옆에 앉았다.

"그래, 무슨 일인가?"

"장백은 귀문에 갔습니다."

"귀문에?"

"그렇습니다."

노인은 그 말에 상당히 흥미롭다는 표정을 보이며 수염을 쓰다듬었다. 청은 다시 말했다.

"문제도 좀 생겼습니다."

"문제?"

노인이 문제라는 말에 청을 바라보았다. 그러자 청은 빠르게 대답했다.

"그자에 대한 소문이 은연중 강호에 퍼지기 시작했습니다. 저희가 최대한 막고 있지만 그것도 한계가 있습니다."

"근원지는?"

노인의 물음에 청은 조금 난감한 표정을 보이더니 곧 입을 열었다.

"그게…… 풍운회 같습니다."

"그래? 후후……."

노인은 그 말에 눈을 반짝이더니 이내 낮은 웃음을 흘렸다. 상당히 흥미 있는 보고였기 때문이다.

"그놈이 한 짓은 아닐 테고……. 자가 놈인가?"

"아무래도 그런 것 같습니다."

자청운을 떠올리며 청이 답했다. 그러자 노인이 말했다.

"어차피 소문이 퍼지면 막을 수 없는 일이야……. 그러니 너무 크게 신경 쓰지 말게."

"예."

"그것보다, 장백과 그 아이가 만나지 못하게 하게……. 장백파의 사람이 나타났다는 소문을 들으면 분명 그 아이는 장원을 나가려 할 걸세."

"알겠습니다. 지금보다 한층 경비를 강화하겠습니다."

"그래 주게나."

노인은 고개를 끄덕인 후 물었다.

"그런데 신검록은 어떻게 되었는가?"

노인의 물음에 청은 굳은 표정으로 대답했다.

"아직 소재 파악 중입니다."

"아직도 소재를 파악 중이다라……. 벌써 두 달은 지난 것 같은데, 자네도 참 느긋한 모양이네."

"죄송합니다."

청은 강물을 내려다보며 입을 닫았다. 그러자 노인이 조금 불편한 표정으로 말했다.

"신검록은 정말 중요한 것이네. 총력을 다하게……. 그 외에 다른 일들은 두 번째라 여기게나……. 지금 가장 중요한 것은 신검록을 다시 찾아오는 일이네."

"명심하겠습니다."

"그만 가보게."

"예."

청은 대답한 후 일어나 조용한 걸음으로 노인에게서 멀어졌다. 청의 인기척이 사라지자 노인은 붉게 변해가는 하늘을 바라보며 혀를 찼다.

*　　*　　*

집무실에 앉아 전서를 받아든 추야장은 공손의가 보낸 보고에 상당히 흥미로운 표정을 보였다.

"장백파라……."

추야장은 곧 장구조를 불렀다.

얼마 지나지 않아 집무실로 들어온 장구조는 가볍게 인사한 후 우측 자리에 앉았다. 추야장이 입을 열었다.

"이틀 후에 공손의가 올 것이네."

"예."

장구조는 공손의가 무슨 일로 나갔는지 잘 알기에 고개를 끄덕였다. 추야장이 다시 말했다.

"그런데 손님도 함께 오네."

"손님이요?"

장구조가 의문을 표하자 추야장은 미소를 보였다.

"장백파에서 온 손님이네."

"장백파……."

장구조의 표정이 굳어졌다. 장백파에 대해서 많이 알지는 못하나 전에 장백파의 손님을 한 명 맞은 기억이 있기 때문이다.

"오 년 전에 찾아온 장검명을 자네는 기억하고 있나?"

"물론입니다. 제가 막 총관이 되었을 때 처음으로 찾아온 손님이었습니다."

"그랬나? 그 장검명과 관계가 깊은 인물인 것 같네."

"그렇다면 저희로선 중요한 손님이겠습니다."

"그렇지."

추야장은 고개를 끄덕였다.

"그럼 어떻게 처리를 하는 것이 좋겠습니까?"

"일단 외부에 알리지 말고…… 다른 사람과 접촉하는 것도 피하도록 하게나……. 그리고 그런 장소로는 내화원(內花院)이 딱 어울릴 것 같아."

추야장이 내화원을 말하자 장구조는 과거에 장검명도 그곳에 머물렀다는 것을 생각했다.

"알겠습니다."

장구조가 대답하자 곧 추야장은 생각난 표정으로 물었다.

"영아의 일은 어떻게 되었나?"

"현재 추적중에 있으나 오리무중(五里霧中)입니다. 워낙 은신이 뛰어나다 보니……. 한 가지 분명한 것은…… 수정궁으로 향한다는 점입니다."

"역시……."

추야장은 짧은 숨을 내쉬며 고개를 끄덕였다. 서영아를 생각하면 수많은 감정들이 오가는 그였다. 그 재능이 탐이 나

제자로 받아들이려 했으나 제선선의 반대로 그러지 못한 게 가장 후회되는 일이었다. 제선선은 서영아를 자신의 제자로 들이려 했기 때문이다.

제선선 역시 서영아의 재능을 이미 알고 있었다. 그런데 제자로 받아들이기도 전에 추소려가 사고를 쳐 힘들게 되었다. 또 하나의 문제는 추소려였다. 추소려는 절대 서영아를 부모의 제자로 받아들이지 못하게 하였다.

"휴우……."

"걱정이 많으신 것 같습니다."

"뭐…… 그렇지."

추야장은 씁쓸히 중얼거리다 곧 생각을 추스르고 말했다.

"영영이에 대한 일은 이미 장학이 죽었으니 그걸로 되었네. 풍운회에는 그렇게 전하게. 혹시라도 그놈들이 어떤 수작을 부릴지 모르니 미리 손을 써놓게."

"알겠습니다."

"바로 일을 진행하게."

"그럼."

장구조는 짧게 대답하고 밖으로 나갔다. 그가 나가자 추야장은 시비를 불러 차를 내오게 했다. 따듯한 차 한 잔을 목구멍에 넘기자 마음이 차분해지는 기분이 들었다.

"장백파라……."

추야장은 장검명과의 비무를 떠올리자 절로 입가에 미소

가 그려졌다.

'참 강한 자였지…….'

추야장의 가슴이 크게 뛰기 시작했다.

장검명의 흔적을 찾기 위해 노력하고 있었는데 귀문에 장검명이 방문했었다는 것을 알게 되었다. 기분 좋은 일이었다. 조금이라도 사형의 끈을 잡았다고 생각했기 때문이다.

사형의 끈을 잡아당기다 보면 분명 무적명이 나올 것이라 여겼고 장백파가 불에 탄 이유를 알게 될 거라 믿었다.

덜컹! 덜컹!

대로를 달리는 마차는 심하게 흔들리고 있었다. 그 안에 타고 있던 장권호와 양초랑은 맞은편에 앉아 있는 공손의를 바라보고 있었다. 공손의의 이야기가 상당히 재미있어 여행을 하는 동안 심심함을 달래주었기 때문이다.

"자네들은 묵수(墨守)라는 말이 왜 생겼는지 아는가?"

"묵수?"

양초랑이 생소하다는 표정으로 고개를 갸웃거렸고 장권호도 고개를 저었다. 그러자 공손의가 박수를 한 번 치며 말했다.

"자네들은 평소 서책을 멀리하는 모양이군?"

"딱히…… 뭐……."

양초랑은 지금까지 태어나 책을 읽은 적이라곤 어릴 때뿐이라 궁색한 표정을 보였고 장권호도 고개를 끄덕여 선선히 인정했다.

"묵수라는 말이 무슨 뜻인지는 아나?"

"그걸 알면 관에 가지 여기 있겠소? 장원급제 했겠소이다."

"하하하하! 무인에게 너무 어려운 물음이었나?"

공손의가 크게 웃으며 다시 말했다.

"묵수라는 말은 나라를 지켰다는 뜻이네."

"나라를 지켰다는 말이 묵수라구요?"

"그렇지. 보통 나라를 지켰다고도 비유하고 수비가 강하다는 말도 되네. 그래서 가끔 무인끼리 싸우다 수비가 견고한 놈을 만나면 묵수 같다고 하지 않나?"

"그런 적이 없어서……. 견고한 놈을 만나봤어야 알지……. 음."

양초랑이 고개를 흔들었다.

"그런 뜻이었구려."

장권호가 흥미 있다는 표정으로 고개를 끄덕였다. 공손의는 천천히 다시 말했다.

"이 말은 묵적(墨翟)이라는 사람 때문에 생겨났지."

"호오……."

양초랑이 눈을 반짝였다.

"그럼 그 묵수라는 말의 유래를 말해주시오. 궁금해서 미치겠소.”
양초랑이 독촉하자 공손의는 고개를 끄덕이며 말했다.
“옛날이야기인데, 때는 전국시대였어……. 초나라가 강대국으로서 큰 힘을 가지고 있을 때, 송나라에는 천재적인 기술자가 있었지. 공수반(公輸盤)이라는 자인데, 워낙에 출중해 다른 나라에까지 그의 이름이 퍼져 있었지. 그런데 그의 나라인 송나라에선 그를 상당히 푸대접했다네. 그러니 불만이 안 생기겠나? 더욱이 다른 나라에서는 공수반을 데려가기 위해 엄청난 노력을 하고 있었는데, 자기 나라에서 홀대를 받으니 그만큼 서운한 것도 없었겠지. 나라를 위해 노력했는데 돌아오는 게 없으니 말이야…….”
“그렇지요. 아무래도 그런 마음이 생기겠군요.”
양초랑이 고개를 끄덕였다. 공손의가 다시 말했다.
“결국 공수반은 초나라에 가게 되었다네. 초나라에서 워낙에 잘해주었었으니까……. 거기다 그 당시 초나라는 강국이었어. 초왕은 그를 데려와 무기를 개발하는 데 주력하게 하였지. 물론 전폭적인 지원을 아끼지 않았고.”
“좋았겠군요.”
“당연하지. 공수반은 미친 듯이 연구하여 무기를 개발했는데, 주로 공성병기(攻城兵機)를 개발하였네. 성을 공격할 전차와 성벽을 넘어갈 수 있는 운제(雲梯)라는 높은 사다리를 개발했지. 그것을 본 초왕은 아주 흡족해했어. 결국 초왕은 공수반이 개발한 무기로 송나라를 치기 위해 준비하였네."

"공수반은 자기가 만든 무기로 자기 나라를 치는 걸 보게 생겼군요."

양초랑이 우습다는 듯 말하자 공손의가 고개를 끄덕였다.

"그렇지. 그 소식을 듣고 송나라에 있던 묵적이 공수반을 찾아왔네. 그리곤 공수반을 나무랐지. 의(義)를 버렸다고 말이야. 자기가 태어나 자란 나라를 친다는 게 말이 되는 소리냐고."

공손의의 말에 장권호와 양초랑도 공감했다. 잘못돼도 한참 잘못된 일이 분명하다고 생각한 것이다. 공손의가 다시 말했다.

"공수반은 딱히 변명할 게 없어서 초왕을 들먹였다네. 그러자 묵적은 초왕을 만나게 해달라고 했고, 결국 묵적은 초왕과 만난 자리에서 또다시 초왕을 나무랐네."

"오…… 그놈, 대단한 놈인데요. 왕을 나무라다니. 그것도 적국의 왕을."

양초랑이 놀랍다는 듯 말하자 공손의가 미소를 보였다.

"묵적은 초왕에게 강대국이 약소국을 치는 것은 비단옷을 입고 하루 종일 고기반찬만 먹는 놈이 이웃집에 사는 가난한 사람의 헌옷을 훔치는 것과 같다고 말했다네."

"그렇지!"

양초랑이 박수를 쳤다. 묵적의 말에 상당히 감탄한 모습이었다.

“초왕은 그 말에 변명할 게 없어서 결국 공수반이 새로 개발한 병기를 시험하기 위해 그런 것이라고 둘러댔지. 그러자 묵적은 그 신병기를 자신이 직접 막아보겠다고 제의했지. 모의전쟁을 하자는 말이었는데, 그 자리에서 묵적은 공수반이 개발한 신병기들을 모두 막아내었다네.”

“대단하군.”

장권호가 고개를 끄덕이자 공손의는 다시 말했다.

“그런데 초왕도 바보는 아니었네. 묵적만 죽인다면 송나라를 쉽게 먹을 수 있다고 판단한 거지. 거기다 묵적은 자신의 궁에 있었고.”

“아하! 죽이면 그만이로군.”

양초랑이 말하자 공손의도 고개를 끄덕였다.

“그렇지. 죽이면 그만인데…… 묵적도 바보는 아니라서, 자기가 죽어도 소용없다고 했지. 자기 제자가 삼백 명이 넘는데, 이미 초나라가 쳐들어온다는 소문을 듣고 방어를 준비하고 있다 말했다네. 결국 초왕은 송나라와의 전쟁을 포기하고 묵적을 돌려보냈다네. 그 일로 인해 초나라에선 묵수라는 말이 생겨난 것이네.”

공손의의 말에 장권호와 양초랑은 고개를 끄덕이며 상당히 재미있다는 표정으로 그를 다시 보았다.

“공 선배…… 참 박식하시오.”

양초랑이 사파의 거두인 공손의를 선배라 부르자 공손의가 화들짝 놀란 표정으로 그를 바라보았다.

“아니, 내가 어떻게 자네의 선배인가? 우리는 엄연히 가는 길이 다른데.”

“선배면 선배지 뭐 다른 이유 있소? 그냥 그렇게 부르겠소.”

“마음대로 하게나.”

공손의는 양초랑의 말에 그저 고개만 끄덕였다.

“또 뭐 재미난 이야기 없소?”

“음…… 아직 많지……. 그런데 지금은 밥을 좀 먹어야 할 것 같네.”

휘장을 열어 밖을 본 공손의가 마을이 보이자 배를 만졌다. 그러다 생각난 듯 다시 말했다.

“아! 맞아! 이 이야기에 숨은 뒷이야기가 있는데, 초나라로부터 송나라를 이렇게 지킨 묵적이 송나라에 돌아갔을 때, 송나라는 묵적에게 비를 피할 처마도 내어주지 않았지……. 후후후…… 재미있지 않은가?”

“와아…… 그거 진짜 너무하네요.”

양초랑의 말에 공손의가 말했다.

“묵적이 그렇게 나라를 지켰다는 사실을 송나라 사람들은 몰랐으니까 그런 것이네. 묵적도 그런 송나라를 탓하지 않았고. 하지만 그는 분명 나라를 지킨 대단한 인물이었네. 우습게도 송나라에서 그의 기록을 남긴 건 거의 없어……. 다 다른 나라에서만 남겼지."

"그 송나라…… 참 바보 같은 나라군요. 인재를 그렇게 몰라보다니……."

양초랑이 가만히 중얼거리자 공손의가 침중한 표정으로 조용히 말했다.

"바보 같은 나라지……. 마치 지금의 이 중원처럼……."

그의 말에 양초랑은 무슨 뜻인지 몰라 미간을 찌푸렸다. 곧 마차가 주루 앞에 멈춰 서자 공손의와 함께 양초랑과 장권호가 내렸다.

공손의와 함께 이틀 동안 마차를 타고 귀문에 도착한 둘은 귀문에서도 깊숙한 곳에 자리한 내화원으로 안내를 받았다.

방에 들어온 양초랑은 정파의 인물인 자신이 이렇게 좋은 대우를 받는다는 것에서 상당한 괴리감을 느꼈다. 장권호는 난간에 기대어 앉아 밖의 정원을 감상하고 있었다.

"복수를 하고는 싶은데…… 방법을 모르겠다. 처음에는 그저 호기롭게 나왔는데…… 상대가 이렇게 거대한 조직이니 참 난감한 것 같아……. 이렇게 큰 세력을 상대로 복수를 꿈꾼다라……. 참 힘든 일이지……. 이래서 사람들이 거대한 조직에 들어가려 하는 거구나……."

양초랑의 중얼거림을 장권호도 들었으나 딱히 대답할 말

이 없었다. 그의 말대로 상대는 척 보기에도 거대한 조직이었다. 이곳 내화원으로 오는 동안 수많은 고루거각들을 지났고, 많은 무사들을 봤다.

"적진 한복판에 들어왔는데, 이상하게 마음은 밖에 있을 때보다 더 편한 것 같다."

양초랑은 말을 한 후 곧 탁자 위에 있는 과일들을 집어먹기 시작했다.

"앞으로 어떻게 할 생각인가?"

"일단 이야기를 들어봐야지……. 사형에 대해…… 그리고 무적명에 대해서도."

"풍운회에선 무적명에 대해서 안 가르쳐준 모양이야?"

장권호는 고개를 끄덕였다. 양초랑은 상당히 실망한 표정이었다.

"내가 풍운회에 돌아가면 무적명에 대해서 따로 알아봐야겠어……. 나도 상당히 궁금해졌거든."

"고맙군."

장권호의 말에 양초랑은 멋쩍은 표정으로 웃었다. 잠시 후, 발소리가 들리고 곧 장구조가 모습을 보였다. 그의 뒤로는 감록이 서 있었는데 상당히 굳은 표정이었다. 그들은 안으로 들어와 장권호와 양초랑과 인사를 나눴다.

"귀문의 총관을 맡고 있는 장구조라 합니다. 만나서 반갑습니다."

"장권호라 하오."
"양초랑이오."
"감록이라 하오."
장권호는 감록의 눈빛에서 적의(敵意)를 읽었다.
곧 자리에 모두 앉자 장구조가 입을 열었다.
"조용한 곳이라 지내기엔 어려움이 없을 것입니다."
"감사하오."
장권호의 대답에 장구조가 말했다.
"처음부터 장백파의 사람인 줄 알았다면 서운하게 대하지는 않았을 터인데, 참으로 아쉽소."
"자 소저의 일은 안타깝게 생각하고 있소."
"당신 책임이지 않소?"
감록이 옆에서 입을 열자 장구조가 살짝 미간을 찌푸렸다. 하지만 말리지는 않았다. 감록의 성격을 잘 알기 때문이다.
장권호는 감록의 적의가 자영영 때문에 생긴 것임을 알았다.
"자 소저가 죽을 줄은 몰랐소. 우린 그녀에게 길 안내를 부탁하려던 것뿐이었소."
"수단과 방법을 가리지 않고 당신을 죽일 것이오. 그게 내 본심이오."
감록은 낮은 목소리로 말했다. 그의 살기에 방 안의 공기가 차갑게 가라앉았다. 하지만 장권호는 표정의 변화 없이 말했다.
“언제든 환영하겠소.”
감록은 그 말에 곧 입을 닫았다. 그러자 양초랑이 물었다.
“장학은 어디에 있소? 그도 죽은 것이오?”
양초랑의 물음에 장구조가 고개를 끄덕였다.
“그렇습니다.”
“음…….”
양초랑이 살기를 보였다. 그러자 장구조가 다시 말했다.
“장학이 죽은 건 우리 입장에서는 좋은 일이나…… 아쉽게도 우리가 죽이지는 않았습니다.”
“무슨 말이오?”
양초랑의 물음에 감록이 대답했다.
“흉수는 따로 있소. 우리는 그 흉수를 쫓는 중이고.”
“서영아?”
장권호가 이름을 말하자 장구조가 조금 놀란 표정으로 장권호를 보았다. 곧 그는 고개를 끄덕였다.
“본 적이 있는 모양이군요?”
“자 소저가 죽을 때…… 같이 있었소……. 미처 막지 못하였소이다.”
“빌어먹을 자식.”
감록이 본능적으로 낮게 중얼거렸다. 곧 그는 더 이상 못 있겠다는 표정으로 일어섰다.

"이만 가보겠소."

감록이 자리를 박차고 나가자 장구조는 고개를 저었다. 감정을 잘 추스르지 못하는 그 모습 때문이다. 하지만 탓하지는 않았다. 그 기분을 이해하지 못하는 것도 아니었기 때문이다. 다른 사형제들과는 달리 감록과 자영영은 비슷한 시기에 추야장의 제자로 들어와 친남매처럼 지냈기에 다른 사형제보다 정이 각별했다. 감록에게는 혈육을 잃은 것이나 마찬가지일 터다.

"장기로 치면 서로의 마(馬)가 하나씩 사라진 셈이오……. 이번 일은…… 더 이상 언급하고 싶지 않소이다. 덮어 두고 싶은 게 솔직한 내 마음이오."

장권호는 가만히 고개를 끄덕였고 양초랑은 심각한 표정으로 입을 열었다.

"서로의 상처가 크니 더 할 말도 없군. 더욱이 내가 이곳에 순순히 따라온 이유는 왜 내 사형을 죽였는지, 그 이유를 듣기 위함이오. 문주를 만나고 싶군."

양초랑이 자신의 의도를 말하자 장구조가 대답했다.

"문주님은 곧 만나실 수 있을 겁니다. 본 문이 사람들에게 사파라는 소리를 들으나 예와 법도도 없는 곳은 아닙니다."

"그건 모르지……. 나는 잠시 마실이나 가야겠어."

양초랑이 자리에서 일어나 밖으로 나갔다. 그가 나자가 장구조는 곧 장권호에게 말했다.

"귀문에 온 것을 환영하오. 사실 문주님은 장백파의 무공에 상당히 큰 흥미를 가지고 계신다오."

"본파의 무공에 말이오?"

"그렇소."

장구조가 솔직히 대답했다. 곧 그는 다시 말했다.

"과거에 내가 갓 귀문의 총관이 되었을 때 외부에서 온 첫 번째 손님이 바로 장검명이었소. 그분을 아시오?"

장검명이란 이름이 나오자 장권호는 안색을 바꾸며 고개를 끄덕였다.

"내 사형이오."

"아……."

장구조는 그제야 그가 장백파의 사람이라는 것을 확신했고, 그가 왜 중원에 나왔는지도 어느 정도 알 것 같았다.

"솔직히 말해…… 장백파에 대해서 조사를 좀 했소이다. 장백파의 사람이 온다고 하는데 아무것도 모른 채 만날 수도 없고 해서 말이오……. 그런데 좋지 못한 소식뿐이라 참으로 난감하오……."

장구조는 장백파에 대해 알아보며 장백파가 멸문했다는 소식을 접했다. 그 소식에 상당히 놀란 그였다.

"안타까운 일이오. 하루에도 수십 개의 문파들이 흥망성쇠(興亡盛衰)를 달리하는 곳이 강호라지만…… 이런 소식을 들을 때마다 기분이 좋지 못하다오."

"지난 일이오."

장권호의 담담한 대답에 곧 장구조가 물었다.

"장 소협은 장백파를 왜 나온 것이오? 혹…… 복수를 위한 것이오?"

"솔직히 말하면 복수라고 해야 할 것이오."

"그렇구려……."

장구조는 크게 숨을 마시며 고개를 끄덕였다.

"사형을 누가 죽였는지 아시오?"

장구조는 급작스러운 장권호의 질문에 고개를 저었다.

"나도 잘 모른다오. 다만 문주님과 꽤 친분을 나눈 것으로 알고 있소."

그 말에 장권호의 눈동자가 빛났다. 친분을 나눴다는 게 믿어지지 않았기 때문이다. 사형은 함부로 사람과 친분을 나누는 성격도 아니었고 사사로이 누군가를 만나는 성격도 못되었다. 그런 사형이 사파의 문주와 친분을 나눴다는 말을 쉬이 믿기는 힘들었다.

"정말이오?"

"그렇소이다. 이곳에서 반년 동안 머물렀소."

그 말에 장권호는 방 안을 다시 한 번 둘러보았다. 이 방이 사형이 머물던 방이란 사실 때문이다.

"이 방에서 문주님과 함께 바둑을 두거나 무학(武學)에 대해 토론을 벌이기도 하셨다오……. 그러다 때로는 두 분이 비무도 하셨소."

그의 말에 장권호는 굳은 표정으로 고개를 끄덕였다. 그의 머릿속에 사형의 모습이 그려졌다. 그리고 장구조의 말을 모두 믿어야 하는지 말아야 하는지 판단하려 했다.

"정말이오. 장 소협에게 거짓말을 할 이유가 내겐 없소이다."

"알겠소."

장권호는 여전히 무심한 표정으로 대답했다. 그의 딱딱함에 장구조는 성격이 돌 같다는 생각을 하였다. 무공도 강직하고 선이 굵을 거라 예상했다.

같은 무공을 배운다 해도 성격에 따라 그 선이 달라지고 모습도 달라진다. 그것을 잘 아는 장구조였다.

"무적명을 아시오?"

장권호가 급작스럽게 묻자 장구조는 살짝 미간을 찌푸렸다. 무적명에 대해서 모른다면 거짓이기 때문이다.

"알고 있소."

장권호의 눈동자가 반짝였다.

"무적명이 누구인지 아는 것이오?"

"그건 아니오."

장구조가 고개를 저었다. 그러자 장권호는 살짝 실망한 표정을 보였다.

"어떤 사람들은 무적명을 중원 전체라고도 말하고, 어떤 사람은 정파라고 말하고…… 또 어떤 사람은 젊은 사람일 수 있다 하고, 어떤 사람은…… 늙은이라고 한다오."

"그렇게 들은 것 같소."

장권호가 그 말에 고개를 끄덕였다. 자신도 비슷하게 들었기 때문이다. 거기다 양초랑도 비슷한 말을 하였었다. 결국 잘 모른다는 소리였다.

장구조가 눈을 반짝이며 낮은 목소리로 힘주어 말했다.

"그 실체를 본 적은 없지만 실제 무적명은 존재하오."

장권호가 그 말에 시선을 창밖으로 돌렸다. 마침 쌍을 이루는 나비 두 마리가 날아가고 있었다. 장권호의 시선이 나비로 향했다. 장구조의 목소리가 들렸다.

"무적명에 대해서 우리도 조사는 하고 있으나 그 실체가 누구인지, 어떤 무공을 펼치는지, 어디에 사는지조차 모른다오……. 마치 검은 연기에 가려진 존재라고나 할까? 하지만 분명 현재의 천하제일인이고 사백 년 전부터 그 이름은 천하제일로 계속 이어져 오고 있소."

"……!"

장권호의 표정이 순간 굳어졌고 눈동자가 번뜩였다. 사백 년 전부터라는 말 때문이다. 장구조는 장권호의 날카로운 시선에 다시 말했다.

"내가 아는 것은 그게 전부라오."

장구조의 말이 끝나자 장권호는 깊은 생각에 잠겼다. 장권호는 저도 모르게 중얼거렸다.

"무적명…… 만리행……. 무적의 이름은…… 만리를 간다……."

장권호의 중얼거림에 장구조는 눈을 감았다. 현 강호에 누가 있어 이토록 광오한 별호를 쓴단 말인가? 장구조는 오직 단 한 명뿐이라고 단정했다.

"무적명……."

장구조도 중얼거렸다. 곧 뒤에서 발소리가 들리자 장구조는 고개를 돌렸다. 그곳에 감록이 빠른 걸음으로 다가오고 있었다.

"스승님께서 뵙기를 청합니다. 모시고 오라는데요?"

"알았다."

장구조가 자리에서 일어섰고 장권호에게 말했다.

"문주님께서 기다리고 계십니다. 가시죠."

"그럽시다."

장권호도 일어나 곧 감록의 뒤를 따라 걸음을 옮겼다. 그들이 밖으로 나가는 동안 양초랑은 나무 그늘 아래에서 풀 냄새를 맡으며 잠을 자고 있었다.

* * *

따다당!

넓은 풀밭 위에서 두 개의 그림자가 서로 어우러지며 수십 개의 검빛을 만들었다. 그들이 만든 검빛은 곧 금속음을 낳았고, 금속음이 울릴 때마다 불꽃이 튀었다.

둘을 자세히 보면 사용하는 검법이 같다는 점을 알 수 있다.

쉬식!

은색 검광이 마치 뱀이 움직이는 것 같은 환영을 만들며 공기를 파헤쳐오자 청색 무복을 입은 청년이 뒤로 물러서며 검으로 두 개의 원을 그렸다.

따당!

금속음을 내며 바로 앞까지 다가온 뱀을 튕겨내자 청년은 방금 당한 것과 같은 초식으로 앞을 찔렀다.

웅! 웅!

검이 휘지는 않았지만 십여 개의 환영을 만들며 낮게 울었다. 맞은편에 있던 긴 흑발의 여자는 청년이 썼던 것과 같은 초식으로 두 개의 원을 그려 그 환영들을 막았다.

따다당!

금속음을 일으키며 환영이 막힌 순간, 약간의 충격을 느낀 여자는 뒤로 십여 걸음이나 물러났고 청년 역시 뒤로 세 걸음 물러난 뒤 멈춰 섰다. 하지만 긴 흑발의 여자, 추소령보다 덜 물러선 것으로 보아 그녀에 비해 내공이 정심하다는 것을 알 수 있었다.

"동생의 무공은 날로 발전하는 것 같아 기쁘군."

푸른색 영웅건으로 머리를 단정하게 묶어 사내다운 눈매를 드러낸 청년이 미소를 보였다.

"발전은 무슨……. 여전히 제자리걸음만 하는데요. 이사형의 무공은 여전히 무겁네요. 손목이 다 저려요. 같은 내공을 수련하는데 어떻게 이렇게 다를 수가 있지요?"

추소령은 자신의 손목을 잡고는 아미를 찌푸렸다. 그러자 추야장의 둘째 제자이자 추야장의 제자들 중 가장 무공이 고강하다고 알려진 이문성은 미소를 보였다.

"같은 내공을 수련하지만 나는 내력을 절제하는 편이다. 필요할 때만 내력을 폭발시킨다고 해야 하나? 그럼 설명이 되려나?"

그 말을 듣고도 추소령이 여전히 아미를 찌푸린 채 표정을 풀지 않자 이문성은 다시 말했다.

"마치 장작으로 나무를 쪼갤 때 장작과 나무가 만나는 그 순간에 내력을 폭발시킨다고 생각하면 쉽게 들릴까? 내력을 좀 더 쉽게 다스린다고 봐야겠지."

"무슨 말인지 하나도 모르겠어요. 거기다 제가 언제 장작이라도 패봤어야지요."

"그럼 이 기회에 한번 해보는 것도 좋지 않을까?"

이문성의 말에 추소령은 깊은 고민에 빠진 표정을 지었다. 그러자 이문성이 말했다.

"아직도 그렇게 강해지고 싶은 것이냐?"

"물론이에요."

추소령은 고개를 끄덕였다. 그러자 이문성은 짧게 숨을 내쉬었다.

"사람들이 그러더구나……. 네가 남자로 태어났으면 좋았을 것이라고."

"들었어요."

"그랬다면 후계 걱정은 없었을 것이라고 하는데…… 내 입장에서는 네가 여자인 게 정말 다행이다."

이문성의 말에 추소령은 고개를 끄덕였다. 이문성이 어떤 생각을 가지고 있는지 추소령은 잘 알고 있었다. 그는 다음 대의 귀문주 자리를 원하고 있었다. 또한 그 자리에 앉기 위해 추소령도 원하고 있었다.

추소령도 이문성이 싫지는 않았다. 하지만 그저 오라버니로서 좋다는 뜻이지 남자로 보이지는 않았다. 어릴 때부터 따르던 사람이라 그런지도 모른다.

"거기다 지금 사형의 위신은 땅에 떨어질 만큼 떨어진 상태고……. 후후."

"아……."

추소령도 얼마 전 후위가 싸움에 패해 기절했다는 소식을 들었었다. 후위가 그렇게 자랑하던 철마대의 위신도 땅에 떨어졌다. 단 한 명을 상대로 그런 결과를 냈으니 후계자 자리는 사실상 놓쳤다고 봐도 무방했다.

이문성이 다시 말했다.

"결국 나와 사제의 싸움이 될 거야. 그때는 소령이…… 네가 선택하는 남자가 귀문의 다음 문주가 될 거다."

추소령은 그 말에 고개를 저으며 대답했다.

"아직 제게는 너무 어려운 문제예요. 거기다 저는 지금 이대로가 좋아요."

"나도 사실 크게 신경 쓰고 싶지는 않은데 요즘 들어 주변 사람들이 좀 시끄럽게 굴고 있다. 너와 혼인을 하라고 말이야."

"이사형도 참……. 사사형하고 같은 말을 하시네요."

"사제도?"

"네."

이문성은 감록도 추소령에게 같은 말을 했다는 것에 조금 놀란 표정을 보였다.

"장난처럼 말한 거라 그냥 웃어 넘겼어요. 그런데 이사형도 제게 그런 말씀을 하시니 제가 난감하네요."

"어쩔 수 없어……. 네 아버지가 문주님이시니."

"그렇죠……. 그래서 좋아하지도 않으면서 좋아한다는 말을 한 것일 테고요."

추소령은 그렇게 말하며 이문성을 바라보았다.

"이사형도 마찬가지구요."

"나는 정말 너를 좋아한다니까."

이문성은 부인하며 말했다. 그러자 추소령은 웃으며 대답했다.

"저도 이사형은 좋아해요. 사사형도 좋아하고. 하지만 그런 감정과 혼인을 하고 싶다는 감정은 다르잖아요."

"뭐…… 그렇기는 하지."

이문성이 애써 태연하게 대답했다.

"그만 가볼게요. 저녁은 아버님이 같이 먹자고 했거든요."

"그래. 나중에 보자."

이문성과 인사를 나눈 후 추소령은 재빨리 자신의 방으로 돌아갔다. 그녀가 가는 모습을 보던 이문성은 살짝 주먹을 쥐었다.

"사제가…… 그런 말을 했다라……. 결국 네 녀석도 본심을 보이는구나……."

이문성은 낮게 중얼거리며 이제는 감록에 대한 생각을 바꿀 때가 됐다는 것을 직감했다. 그리고 자신도 이제부터는 생각을 바꿔야 한다고 다짐했다. 어차피 스승인 추야장도 사형제들을 물리치고 지금의 자리에 오른 인물이다. 이문성 역시 추야장과 같은 생각을 가지고 있었다. 그는 곧 천천히 걸음을 옮겼다.

넓은 호숫가를 바라보며 홀로 서 있는 중년인을 본 장권호는 그가 귀문의 문주라는 것을 알 수 있었다. 그의 기도가 남들과 달리 위압감을 주었기 때문이다. 그저 뒷짐을 지고 있는 모습뿐이었지만 서 있는 모습에서도 패자라는 느낌을 주었다. 거대 세력의 문주다운 풍모였다.

"모시고 왔습니다."

장구조의 말에 추야장은 고개를 돌려 장권호를 바라보며 미소를 보였다.

"만나서 반갑네. 추야장이라 하지."

"장권호라 합니다."

장권호라는 말에 추야장은 다시 한 번 눈을 반짝이다 이내 크게 웃었다.

"하하하하! 정말 반갑구나, 반가워. 자, 걷지."

추야장이 먼저 안내하듯 손짓하자 곧 장권호가 그와 나란히 걸으며 보폭을 맞추었다. 추야장과 나란히 걸을 수 있는 사람은 귀문에서도 몇 명 없었다.

추야장은 뒤따라오는 장구조와 감록을 향해 말했다.

"너희들은 볼일 보거라."

"예. 그럼 이만 물러가겠습니다."

장구조와 감록이 대답하며 물러가자 추야장은 장권호에게 물었다.

"불편한 점은 없었나?"

"없었습니다."

장권호의 대답에 추야장은 고개를 끄덕였다.

“다행이군. 검명은 자주 자네 칭찬을 했네. 자기 아들 같은 사제가 있는데 대단하다고 말이네. 이름은 권호고, 몇 년 지나지 않아 분명 자기를 능가할 거라 하더군.”

추야장은 눈을 반짝였다. 장권호는 그 말에 살짝 안색을 바꾸며 말했다.

“제 사형에 대해 잘 아는 것 같습니다.”

“물론이지.”

추야장은 그 질문에 고개를 끄덕였다. 그리곤 앞에 보이는 정자 안으로 들어가 앉았다. 기다리고 있던 시비들이 차와 다과를 내놓고는 곧 밖으로 사라졌다.

“철관음이네. 질이 좋은 차지. 마셔보게.”

향을 음미하며 차를 마시는 추야장의 모습에 장권호는 그가 의외로 인간적이라는 생각이 들었다.

“어떻게 알게 되었습니까?”

“응?”

“제 사형을 말입니다.”

장권호의 말에 추야장은 짧은 침음을 흘리다 곧 예전 기억을 떠올리며 천천히 입을 열기 시작했다.

“그를 처음 만난 것은 종남산이었지……. 그때 나는 개인적인 일로 많이 심란했을 때이네. 그래서 가끔 종남산에 올라 마음을 다스렸다네……. 그곳에서 삼부인도 만났다네……. 그때는 삼부인이 종남산 근처에 살았기 때문에 자주 갔었지……. 그날도 삼부인을 만나고 오는 길이었는데, 어떤 사람이 천단애의 꼭대기에서 검무를 추고 있더군. 좀 거리가 멀었는데도 그 검무가 너무 아름다워 한참을 지켜보았지……. 결국 나는 천단애에서 내려온 자네의 사형을 붙잡고 술을 마셨다네. 그게 첫 만남이었네."

장권호는 그 말에 눈을 반짝였다. 거짓으로 꾸며낸 이야기처럼 보이지는 않았다.

"그도 내가 귀문의 문주라니까 상당히 놀라더군. 하지만 강호에서 정사를 구분하는 짓은 사람이 하는 게 아니라 단체가 하는 것이라며 나와의 만남을 즐거워했네. 나도 즐거웠다네……."

추야장은 말을 하며 씁쓸히 고개를 저었다. 그리곤 잠시 시선을 돌려 호수를 바라보았다. 곧 추야장이 다시 천천히 말했다.

"나는 지금까지 살면서 친구를 사귄 적이 없었네……. 누구와 친구가 될 수도 없었고, 어느 누구와도 마음을 터놓고 대화할 수 없었지……. 지금도 마찬가지지……. 수하들은 많으나 내 본심을 알아주는 이는 어디에도 없네……. 귀문의 문주라는 자리는 그런 자리라네."

추야장은 슬쩍 미소를 보였다. 장권호는 문득 이해가 가는 듯했다.

"마음으로 사람을 대하는 것은 정말 쉬운 일이 아니지……. 그때는 마음을 터놓고 대화할 수 있는 상대가 절실하던 때였지……. 그런 나에게 검명은 정말 좋은 친구였어……. 무엇보다 무공으로 나와 상대가 된다는 점이 마음에 들었다네. 내가 마음 놓고 무공을 펼칠 수 있게 해준 사람이지. 얼마나 소중한가? 그런 친구를 과연 앞으로 다시 만날 수 있을까? 아니…… 없을 것이네……. 마음을 터놓고 대화할 수 있으면서도 무공 또한 통하는 사람…… 그런 사람을 살아 있는 동안 한 명이라도 더 만나게 된다면 내 삶은 성공한 삶이라 할 수 있을 것이네"

추야장의 말에 장권호는 그가 상당히 외로웠다는 것을 알았다.

"내게 검명은 문파나 정사(正邪)를 떠나 친구였지."

추야장의 표정이 조금 어둡게 변하고 말이 과거를 말하는 것이기에 장권호는 이미 추야장도 장검명의 죽음을 알고 있다 여겼다.

"사형이 죽은 사실에 대해 알고 계셨군요?"

"물론이네."

추야장은 고개를 끄덕였다. 그의 눈빛이 차갑게 빛나기 시작했다.

"장백산에 검명의 검을 보낸 사람도 나라네."

"……!"

그 순간, 장권호는 더없이 크게 놀랐다. 그는 곧 다시 굳은 표정을 보였다. 그리고 추야장의 말이 진실이란 것도 그제야 알았다. 장권호는 자리에서 일어나 허리를 숙였다.

"사형의 친구면 제게도 사형입니다."

"아니, 이 친구가 사람 놀라게! 그만 앉게나."

추야장의 말에 장권호는 곧 자리에 앉았다.

"신경 써주셔서 감사합니다. 덕분에 사형에 대한 의문이 조금 풀렸습니다. 저는 지금까지 장백신검을 보낸 사람을 찾고 있었습니다."

그러자 추야장이 말했다.

"그랬나? 이렇게 만났으니 다행이네."

추야장의 말에 장권호가 빠르게 물었다.

"사형을 죽인 흉수가 누구인지 아십니까?"

장권호의 급작스러운 질문에 추야장은 미간을 찌푸렸다. 하지만 이미 예상하고 있던 질문이었다. 그런데 문제는 어떻게 설명을 해줘야 할지였다. 추야장은 깊은 한숨을 내쉬며 천천히 말했다.

"내가 알고 있는 것을 전부 말해주겠네. 하지만 그 전에, 자네가 정말 장백파의 사람인지 아닌지 확인해도 되겠나?"

"무엇으로 확인을 하겠다는 말씀입니까?"

장권호의 물음에 추야장은 미소를 보였다.

"무공이네."

작은 공터로 향한 추야장과 장권호는 일 장 정도 떨어진 거리에 섰다. 추야장은 한쪽에 진열된 검들 중에서 아무거나 하나 들고는 장권호에게 던지며 말했다.

"장백검법은 상당히 무겁더군. 내 비신검법(飛神劍法)과는 정반대였지."

탁!

검을 받은 장권호는 곧 검집에서 뽑아 들었다.

스릉!

검집을 빠져나오며 울리는 맑은 소리와 은빛 검신에 장권호는 좋은 검이란 것을 알았다. 고개를 들자 추야장이 몇 개의 검을 살피다 마음에 드는 검을 하나 뽑아 드는 게 보였다.

"비신검법은 빠르고 날카로우며 정확한 검법이네. 또한 경쾌하면서도 화려하지."

추야장은 설명을 마치고 밝은 미소를 보이며 검을 이리저리 움직였다.

쉬악! 쉬악!

그가 검을 움직일 때마다 울리는 검신이 바람을 가르는 소리가 일반적인 검의 소리보다 좀 더 날카로웠다. 마치 회초리처럼 얇은 나무가 허공을 가르는 소리 같다고 할까? 장권호는 추야장의 검이 상당히 예리한 것 같다고 생각했다.

"비신검법은 현 강호에서 가장 빠른 검법이라고 불리네.

강호제일의 쾌검이지."

추야장의 목소리에는 자부심과 자신감이 가득 차 있었다. 그만큼 비신검법에 대한 믿음이 강했다. 지금의 귀문을 만든 검법이니 자부할 만도 했다.

휙! 휙!

장권호는 그 말에 검을 마치 몽둥이처럼 이리저리 몇 번 휘두르다 입을 열었다.

"사형은 분명 검법의 달인이셨습니다. 허나…… 저는 검법의 달인은 아닙니다. 그래도 원하신다면 최선을 다하겠습니다."

"그래야 하네. 그러지 않으면 자네는 후회할 걸세……. 왜냐하면 나는 검을 든 이상 비무라도 상대를 봐주지 않는다네."

"알겠습니다."

장권호의 대답에 만족한 추야장이 곧 살짝 허리를 낮추며 오른발을 반보 뒤로 이동시켰다. 그리고 검을 앞으로 내밀며 말했다.

"시작하지."

"예."

팟!

"……!"

말이 끝남과 동시에 추야장의 신형이 반보 앞으로 이동했다. 하지만 그의 검은 일 장의 거리를 넘어 장권호의 어깨를 스친 뒤 멈춰 서 있었다. 마치 검이 늘어난 것처럼 보였다.

장권호는 놀랍다는 듯 눈을 크게 떴다. 추야장은 불과 반 보 앞으로 나왔지만 그의 검은 곡선을 그리며 가슴을 찔러왔다. 검을 들어 막았기에 어깨를 살짝 베인 정도에서 그쳤지, 반응하지 못했다면 가슴이 찔렸을 것이다.

"반응이 느리군. 긴장을 안 한 모양이야……. 내가 좀 우습게 보였나보군? 다음에는 목을 노릴 것이네."

추야장의 말에 장권호의 표정이 굳어졌으며 눈동자에 활력이 샘솟았다.

스륵!

검기가 순간 연기처럼 사라졌다. 장권호는 검을 앞으로 내민 자세 그대로 변함이 없는 추야장을 보자 기분이 좋아졌다.

추야장은 장권호의 기도가 삽시간에 바뀌자 다시 말했다.

"다시 가겠네."

"예."

팟!

장권호의 대답과 동시에 추야장의 왼발이 앞으로 살짝 움직였다. 그러자 두 개의 빛이 곡선을 그리며 장권호의 목 좌우로 날아들었다. 장권호는 그 빛의 속도에 매우 놀랐다. 허나 둘처럼 보여도 어차피 시작은 하나이며, 시작점은 추야장의 몸에 있다. 장권호는 그 점을 잘 알았다.

슥!

그는 앞으로 이동하며 검을 들었다.

쩡!

검과 검이 부딪치자 유리가 깨지는 듯한 소리가 울렸다. 추야장은 안색을 굳히며 흔들리는 자신의 검을 쳐다보았다. 그리고 검을 쥔 손이 찢어질 듯 아파오자 눈을 빛냈다.

장권호는 파쇄공의 기운이 담긴 검격을 받고도 물러서지 않은 인물을 처음 보았기에 상당히 흥미로운 표정으로 추야장을 바라보았다. 게다가 파쇄공에도 부러지지 않은 무기 또한 처음 보았다. 검이 좋은 것일 수도 있으나 또한 추야장의 내공이 그만큼 강대하다는 증거이기도 했다.

"자네는 검명과는 좀 다른 무공을 익힌 것 같군."

추야장의 말에 장권호가 고개를 끄덕이며 추야장의 검에 시선을 던졌다.

"무기가 강한 모양입니다."

"……?"

추야장은 그 말에 들고 있던 검을 바라보다 미간을 찌푸렸다. 검날의 이가 나갔기 때문이다. 거기다 금까지 살짝 가 있자 속으로 상당히 놀랐다.

'대단히 파괴적인 검법이로군……. 검명의 검이 무겁다면 이 녀석은 뭐랄까…… 아프다?'

추야장은 속으로 생각하며 저도 모르게 웃음을 흘렸다.

"재미있어……. 아픔을 느끼는 검법이라……."

추야장의 말에 장권호는 그가 착각하고 있다는 것을 알았다. 하지만 굳이 말을 하지는 않았다. 장권호는 검법을 달인 수준까지 익히지는 않았다. 단지 그의 손에 검이 들리면 검법이 될 뿐이었다.

하지만 그것만큼 무서운 무공도 없다. 그 말은 반대로 말하면 그가 펼치는 모든 무공이 또한 검법이기도 하다는 뜻이기 때문이다. 그것이 무위(無爲)에 이르는 이치라는 것을 장권호 스스로 모르고 있을 뿐이었다.

"이 검은 금방 부러지겠어."

추야장은 말을 한 후 곧 다른 검을 들었다.

스르릉!

깨끗하게 다듬어진 은빛 검날이 햇살을 받아 반짝였다.

"가겠네."

"예."

핏!

공기를 가르는 소리를 내며 마치 빛이 실이 되어 찔러오는 것처럼 보였다. 그것도 하나가 아니라 수십 가닥이었다. 장권호는 그러한 선들을 무시하며 파쇄공과 함께 절쇄공을 검신에 담아 추야장을 베었다.

우웅!

장권호의 검이 낮게 우는 소리를 내며 바람을 일으키자 빛의 선들이 바람을 이기지 못하고 삽시간에 사라졌다.

쩌정!

"……!"

순간 장권호의 검에 거미줄 같은 선들이 나타났다. 장권호의 안색이 바뀌었고 추야장의 표정이 굳어졌다.

"검신폭발(劍身爆發)?"

팍!

추야장의 말이 끝나자마자 장권호의 검신이 산산조각으로 터져 나가며 수십 개의 은빛 섬광이 추야장을 덮쳤다.

따다다당!

미처 예상하지 못한 일이 너무나 순식간에 일어났다. 자칫 추야장의 몸이 벌집이 될 수도 있는 상황이나, 추야장의 주위에 수십 개의 선들이 나타남과 동시에 검신의 파편들이 모조리 바닥으로 떨어졌다.

"죄송합니다."

장권호가 손잡이만 남은 검을 바라보다 곧 사죄했다. 잠시 자신의 파쇄공과 절쇄공을 이겨내는 검이 흔하지 않다는 것을 잊어버린 탓이었다.

쩡!

"응?"

추야장은 자신의 검날에서 파열음이 들리자 눈살을 찌푸

렸다. 폭발한 검신 조각에 담긴 내공을 이겨내지 못하고 또 다시 검신이 갈라졌기 때문이다.

"자네하고 겨룰 때는 평범한 검으로는 안 되겠네."

"저도 예상치 못한 거라……."

"하하하하! 아주 좋아. 마음에 드네."

추야장은 매우 기쁜 표정으로 웃었다.

"자리를 옮기지."

"예."

장권호의 대답에 추야장은 곧 호숫가에 마련된 정자로 다시 움직였다.

'정말 무서울 정도로 파괴적인 내공이다……. 검이 견디지 못할 줄이야……. 내 사람으로 만들고 싶구나…….'

추야장은 문득 떠올렸다. 장권호가 귀문 사람이 되어 준다면 뒤는 걱정이 없을 것 같다는 생각이었다.

제8장

지키기가 어렵다

쇠로 된 무기보다 차라리 대나무가 더 잘 어울렸다. 아니, 더 오래 쓸 수 있다고 봐야 했다. 그러다 보니 자연스럽게 검법이나 도법보다는 창술이나 봉술에 더욱 치중하였고, 달인의 경지에는 이르지 못했지만 어느 정도 성과는 이루었다.

하지만…… 남에게 보여줄 기회가 없었다. 쓸데라고는 이불을 털 때와 밤이나 감을 딸 때뿐이었다.

“장학이 죽었다고?”

“예. 신분패와 옷으로 신원을 확인했습니다.”

자청운은 보고를 듣고 살짝 눈살을 찌푸렸다. 가장 쓸 만한 놈이었는데 죽었다는 소식을 들으니 안타까울 수밖에 없었다.

"시신은?"

"화장했다 합니다."

"화장이라……. 귀문의 자영영과 동귀어진(同歸於盡)했다고 하던데 사실인가?"

"지금 확인 중에 있습니다. 분명한 건 자영영이 죽었다는 것입니다."

수하의 보고에 자청운은 고개를 끄덕였다. 그 정도라면 되었다고 생각한 것이다.

"귀문의 움직임은 어떤가?"

"이번 일로 크게 동요한 듯합니다."

"그렇겠지……. 오대제자 중 한 명이 죽었으니까……."

자청운은 중얼거리며 다시 말했다.

"장학을 대신할 인물을 알아보게."

"예."

수하가 나가자 자청운은 곧 자리에서 일어나 회주를 찾아갔다. 장학의 죽음이 중요한 게 아니라 이 일로 장백파의 장권호가 어떻게 되었는지 알 수 없게 되었다는 게 중요한 일이었다.

조천천의 방에 들어온 자청운은 조선약이 함께 있는 것을 보고 잠시 밖에서 기다렸다. 곧 자청운이 왔다는 소식에 조선약이 먼저 일어나 밖으로 나갔다. 그녀가 나가자 안으로 들어간 자청운은 조천천의 앞에 앉았다.

"무슨 일인가?"

조천천의 물음에 자청운은 빠르게 답했다.

"장학이 죽었습니다."

"흐음……. 안타깝군."

조천천은 살짝 미간을 찌푸렸다. 하지만 크게 신경 쓰는 표정은 아니었다. 어차피 장학은 풍운회라는 큰 조직에서 하나의 말에 불과하기 때문이다.

"문제는 장권호입니다. 그의 행적이 끊겼습니다. 어찌 처리할까요?"

"일단 잠시 장권호에 대한 일은 잊고 신검록으로 시선을 돌리지."

조천천의 입에서 신검록이란 말이 나오자 자청운의 표정이 굳어졌다. 그러자 조천천이 다시 말했다.

"한 달 전, 삼도천(三道天)에서 배신자가 나온 모양이야. 그 자는 신검록을 가지고 도망쳤는데, 그 행방이 묘연하여 잡지 못했다 하는군."

"하면……?"

"얼마 전, 그자의 행방이 무이산에서 발견되었다는데."

"아……."

조천천이 눈을 빛내며 다시 말했다.

"삼도천에서 하는 일에 내가 나설 수는 없는 노릇이고. 허나…… 신검록이 궁금한 것도 사실이야. 어떻게 해야 할 것 같나?"

"설마…… 삼도천과 반목할 생각이십니까?"

자청운이 굳은 표정으로 묻자 조천천은 고개를 저었다.

"그럴 리가 있겠나? 단지 신검록이 보고 싶을 뿐이라네."

"음……."

자청운은 그 말에 침음했다. 신검록에 관한 일은 극비였고 오직 삼도천만이 관여하고 있었다. 또한 삼도천은 강호 그 자체였고 삼도천이 있었기에 지금의 풍운회가 있었다. 현 강호를 좌지우지하는 절대적인 힘을 가진 곳이 삼도천이다. 풍운회가 삼도천과 반목하는 것은 어린아이가 아버지에게 대드는 것이나 다름없는 짓인 셈이다.

자청운은 곧 자신의 생각을 정리하고 입을 열었다.

"저 역시 신검록이 궁금합니다. 거기에 어떤 내용이 있는지 궁금하지 않은 강호인은 없을 것입니다. 허나 그 일로 인해 본 회는 분명 큰 타격을 받을 것입니다. 회주님의 호기심 때문에 본 회가 무너질 수도 있는 일입니다. 재고해주십시오."

자청운의 말에 조천천은 만족한 표정으로 미소를 보였다.

"하하하하! 내 호기심 때문에 자네의 말대로 되어서야 쓰겠나? 그냥 한번 해본 말이네. 너무 심려치 말게……. 다만 앞서 한 말은 사실이었네. 삼도천을 배신한 자가 신검록을 가지고 있다는 사실……."

자청운의 표정이 굳어졌다. 그게 사실이라면 강호에 소문이 퍼지게 될지도 모른다. 그럼 큰 참사가 일어날 것이다. 그것을 미연에 막아야 했다.

"삼도천에서 이미 사람들이 좀 나온 모양이네."

"잘 해결되었으면 합니다."

"그렇게 되겠지."

조천천은 고개를 끄덕였다. 그러다 생각난 표정으로 말했다.

"그런데 장권호에 대한 소문을 우리 풍운회가 퍼트리고 있다는 소식을 들었네."

자청운은 조천천이 자신을 제외하고 정보를 들을 곳이 딱 군데라는 점을 알고 있었다.

"삼도천에서 사람이 온 모양입니다?"

자청운이 묻자 조천천은 인정했다.

"좀 전에 다녀갔지."

"예. 제가 조금 손을 쓰긴 했지만 그것은 어디까지나 정보를 더 얻기 위한 방편이었습니다. 장백파의 정보를 얻기 위한 것이었기에 지금은 안 하고 있습니다."

"잘했네."

조천천은 고개를 끄덕였다. 곧 그가 다시 말했다.

"장권호와 양초랑은 어차피 우리 회에 다시 올 것이네. 양초랑이 본 회의 호법 자리를 수락한 이상 돌아오겠지. 너무 심려치 말게나."

"알겠습니다, 회주님."

"그럼 나는 장로들과 약속이 있어서 일어나야겠네."

"예."

조천천은 곧 자리에서 일어나 장로원 쪽으로 걸음을 옮겼다. 자청운도 자리에서 일어나 조천천을 배웅한 뒤, 곧 다시 의자에 앉아 식어버린 차를 마셨다. 식은 차 맛은 좀 썼다.

"신검록이라……."

자청운의 표정이 어둡게 변하였다. 듣지 말아야 할 소식을 들은 기분이었기 때문이다.

* * *

"흉수라……."

추야장은 차를 한 모금 마신 뒤 눈살을 찌푸리더니 다시 조용히 말했다.

"장검명의 죽음을 안 것은 그가 이곳을 떠나고 일 년 후였네."

"일 년……."

장권호는 일 년이란 말에 표정이 굳어졌다. 너무 긴 시간이었다.

"어디에서 어떻게 죽었는지 전혀 몰랐지……. 아마 검명이 쓰던 장백신검이 암시장에 나오지 않았다면 영원히 몰랐을 것이네."

"……!"

장권호의 눈동자가 싸늘하게 번뜩였다. 하지만 그것은 찰나였다. 추야장이 다시 말했다.

"명검이라 불리는 검이 암시장에 나왔다는 말에 나는 사람을 시켜 사왔다네. 자네도 아까 봤다시피 내가 검을 수집하는 게 취미라네."

"아……."

장권호는 자신이 파괴한 검이 생각 이상으로 좋은 검이었던 것을 떠올렸다.

"그렇게 사온 검이 장백신검이라 매우 놀랐지……. 그리고 그때부터 장검명의 죽음을 알아보기 위해 노력했네."

"알아내셨습니까?"

추야장은 그 물음에 고개를 저었다.

"부끄럽게도 오리무중에 빠졌지……. 시신이라도 있다면 상흔이나 흔적으로 유추해볼 수도 있을 터인데 그렇게 하지도 못하고…… 마지막으로 비무했던 인물도 죽었기 때문에 물을 사람도 없었네."

추야장은 짧은 숨을 내쉬며 다시 말했다.

"지금은 포기한 상태지……. 그리고 검명이 그렇게 자랑하던 자네가 중원에 나와 우연히도 나와 만나게 되었네."

추야장의 말에 장권호는 고개를 끄덕였다.

"자네는 혹시 알고 있나?"

"어떤 것을 물으신 겁니까?"

"천하를 통틀어서 이천 년의 역사를 가진 문파는 딱 하나…… 장백파뿐이네."

추야장의 말에 장권호의 표정이 굳어졌다. 그의 말대로 장백파의 역사는 중원의 그 어떤 문파보다 깊고 오래되었다. 그것이 자랑 중에 하나였으나 현재 장백파는 없는 것과 같았다.

"그런 장백파가 괴멸되었다면 자네의 어깨에 걸린 사명이 상당할 것이야. 목숨을 소중히 하게……. 검명의 죽음으로 볼 때…… 이는 평범한 일이 아니네……. 본 문의 노력으로도 그 원흉의 그림자도 찾지 못하였네……. 이 귀문의 능력으로도 말이네."

"잘 알겠습니다."

장권호는 추야장의 말에 대답한 후 다시 말했다.

"혹시 무적명에 대해서 알고 계십니까?"

"무적명이라……."

추야장의 표정이 굳어졌다. 듣고 싶지 않은 이름 중 하나였기 때문이다.

"그건 왜 묻는 건가?"

추야장의 물음에 장권호가 솔직히 대답했다.

"장백파가 불에 탄 자리에 남은 것은 현판뿐이었습니다. 그런데 그 현판에 장백파는 사라지고 무적명 만리행이란 글귀만이 남아 있었습니다."

"흠……."

추야장이 침음했다. 장백파의 원수가 무적명이란 사실 때문이다. 추야장은 깊은 숨을 들이마셨다. 가슴이 답답했기 때문이다.

"자네는 복수를 원하나?"

추야장의 물음에 장권호는 차가운 눈동자로 대답했다.

"제가 중원에 온 이유입니다."

장권호의 낮은 목소리에 추야장은 다시 한 번 침음하다 곧 천천히 말했다.

"무적명은 나도 사실 본 적이 없어……. 허나 그자와 관련된 사람 중에 살아 있는 사람은 없네. 또한 그자는 사백 년 동안 무적이란 이름을 가지고 있는 인물이네. 아니…… 어쩌면 단체일지도 모르지……. 아니면 문파이거나……. 한 가지 확실한 건…… 그자와 싸워 이긴 사람이 없다는 것이라네."

"대충 이야기는 들었습니다."

장권호의 대답에 추야장은 다시 말했다.

"자네의 사명을 위해서라면 장백산으로 돌아가는 게 낫다고 생각되네. 허나 내가 돌아가라고 하면 자네는 그냥 이곳을 떠날 뿐이지 돌아가지는 않을 것이잖은가?"

장권호가 그 말에 슬쩍 미소를 보였다. 추야장이 자신의 생각을 정확히 읽었다는 뜻이었다. 추야장은 고개를 저으며 말했다.

"당분간 이곳에서 좀 쉬게나. 그리고 저녁을 함께 먹지 않겠나? 소개시켜줄 사람이 있어서 말이야."

"알겠습니다."

"그럼 가지. 어차피 저녁 먹을 시간이니 말일세."

"예."

추야장과 장권호가 정자를 나와 식당 쪽으로 함께 걸어갔다.

추소령은 식당으로 들어오다 자신의 아버지와 생전 처음 보는 사내가 함께 앉아 있자 깜짝 놀란 표정을 보였다. 전혀 예상치 못한 일이라 상당히 당황했다.

"어서 오너라."

추소령은 자신을 반기는 추야장의 옆으로 다가갔다. 그러자 추야장이 장권호에게 말했다.

"내 딸이네. 소령아, 인사하거라. 내 친구의 동생이다."

"추소령이에요."

인사를 하는 추소령은 아버지의 친구들을 떠올렸다. 하지만 딱히 눈에 띄게 '아! 그 사람.' 하고 생각나는 인물이 없었다. 모두 추야장에게 고개를 숙였기 때문이다. 그런데 저 사내는 친구도 아니고 친구의 동생이라면서 아버지와 마주보고 앉아 있었다.

"장권호라 하오."

장권호가 일어나 인사하자 추소령은 장권호의 머리부터 발끝까지 한순간에 훑었다.

'옷도 그냥 그렇고…… 얼굴은 좀 반반한 편이려나? 키가 좀 크다는 거 하나는 딱 좋네.'

추소령의 눈동자는 움직임이 너무 빨라 장권호도 눈치채지 못할 정도였다.

"앉지."

추야장의 말에 장권호가 다시 의자에 앉았고, 추야장과 장권호의 중간쯤에 추소령이 앉았다. 추소령은 곧 추야장을 향해 말했다.

"기분이 좋으신가 봐요? 눈썹이 계속 웃고 있어요."

"응? 내가?"

추야장은 추소령이 손으로 왼 눈썹을 살짝 찌르자 눈살을 찌푸렸다. 허나 그렇게 찌푸려도 그의 왼 눈썹 끝은 살짝 올라가 있었다. 기분이 좋을 때 나오는 버릇인 것 같았다.

"기분 좋은 일이야 많지. 이렇게 소령이하고 저녁을 먹지 않느냐?"

"다른 손님도 계시잖아요."

추소령은 그렇게 말한 후 장권호를 쳐다보았다.

"장 소협은 나이가 어떻게 되세요?"

"스물여섯이오."

"딱 네 살 차이네요. 제가 스물둘이니."

추소령의 말에 장권호는 고개를 끄덕였다. 그사이에 음식들이 나오기 시작했고, 추소령은 궁금한 표정으로 다시 물었다.

"고향은 어디세요? 한족은 아니신 거 같은데……?"

추소령의 물음에 장권호는 젓가락을 들다 말했다.

"고향은 동북지방이오……. 정확하게 어디인지는 나도 잘 모르오."

장권호는 말을 한 후 계속해서 나오는 접시들을 바라보았다. 도대체 무엇을 먹어야 할지 참으로 고민스러운 순간이었다. 막 먹음직스러운 생선찜을 보고 젓가락을 움직이던 찰나, 추소령이 다시 말했다.

"아버님과 식사를 하는 사람은 제자들과 장로님들…… 그리고 몇 분의 중요한 인사들뿐인데…… 모두 제가 알고 있는 사람이죠. 그런데 처음 보는 분이 이렇게 아버님과 마주 앉아 있다니…… 참 놀랍고 신기해요. 도대체 장 소협은 어떤 사람인가요? 우리 아버님께서 아주 마음에 들어 하시는 것 같은데?"

추소령의 긴 말에 장권호는 살짝 미간을 찌푸렸으나 곧 젓가락을 놓으며 대답했다.

"귀문에 온 것은 이번이 처음이오. 그래서 처음 본 것일 뿐이오."

장권호의 대답에 추소령은 눈살을 찌푸렸다. 대답이 마음에 안 들었기 때문이다. 그러자 추야장이 추소령에게 말했다.

"앞으로 식사는 소령이 네가 챙기거라."

"예?"

추소령은 깜짝 놀란 표정으로 눈을 크게 떴다. 그러자 추야장이 미소를 보였다.

"내가 업무 때문에 식사를 함께하는 일이 적을 거야. 그러니 네가 대신 챙겨야지."

추야장의 말에 추소령은 당황한 표정으로 장권호를 바라보았다.

장권호도 조금 당황했지만 딱히 입을 열지는 않았다. 그도 어떤 말을 해야 할지 판단이 안 섰다.

"예……. 그렇게 할게요."

추소령은 곧 수긍한다는 표정으로 힘없이 대답했다. 하기 싫다고, 안 한다고 말해봐야 불호령만 떨어질 게 뻔하였다.

추야장은 그런 추소령과 장권호를 슬쩍 바라보다 젓가락

을 움직이며 눈을 반짝였다.

'함께 있다 보면 어느 정도 정이 쌓이겠지……. 후후.'

추야장은 이 기회에 추소령을 시집보내고 또 장권호도 묶어놓을 생각이었다.

밝고 큰 보름달이 하늘에 뜨자 어둡던 세상이 좀 더 밝아 보였다. 환한 대낮처럼 모든 것을 볼 수는 없지만 흐릿한 달밤에 사람을 보는 것도 나쁘지는 않을 듯했다.

물소리가 흐르는 좁은 길을 걷던 두 사람의 뒤로 긴 그림자가 드리워졌다. 추소령은 하늘을 올려보다 커다란 보름달을 보며 말했다.

"오늘 보름달이 떴네요. 달밤에 이렇게 나와 보긴 오랜만인 것 같아요. 그것도 다른 사람을 안내하려고 나온 것이라 더욱 특별한 것 같네요."

추소령의 목소리에는 자기가 왜 이런 일을 해야 하는지 의문과 불만이 있었다. 그것도 생전 처음 보는 사내의 안내를 한다는 것이 마음에 안 들었다. 더 우스운 것은 이 사내가 말을 잘 안 한다는 점이었다. 말이나 재미있게 하면 기분이나 풀리련만.

장권호는 고개를 돌려 추소령의 옆얼굴을 보다 고개를 돌렸다. 달빛을 받아 그런지 추소령의 미모가 상당히 빛이 나는 것처럼 다가왔기 때문이다.

추소령의 목소리가 다시 들렸다.
"도대체 아버님과는 어떤 관계인가요? 정말 중요한 분 같은데……. 그렇지 않다면 제게 안내까지 하라고 했겠어요?"
그녀의 물음에 장권호가 대답했다.
"자세히는 모르나 문주님은 내 사형과 절친하다 하셨소. 그래서 내게 이렇게 호의를 베풀어준 것이오."
"그랬군요……."
추소령은 가만히 고개를 끄덕였다. 하지만 아무리 생각해도 아버님의 친구 분이 떠오르지 않았다. 곧 그녀는 다시 물었다.
"언제까지 이곳에 머물 건가요?"
고개를 돌려 장권호의 옆얼굴을 보던 추소령은 그의 얼굴이 달빛을 받아 회색빛으로 반짝이자 의외로 잘생겼다는 생각을 했다. 장권호가 고개를 돌리자 추소령은 재빨리 앞을 바라보았다. 저도 모르게 창피하다는 생각이 들었다.
'이상하네……. 분위기 때문인가?'
추소령은 스스로 생각하며 고개를 저었다.
"나도 잘 모르겠소."
장권호의 대답에 추소령은 잠시 하늘을 보다 곧 입을 열었다.
"아버님이 저렇게 좋아하시는 모습을 본 것도 참 오랜만인 거 같아요……. 그러니 좀 오래 있다 가세요."

장권호는 그 말에 조용히 고개를 끄덕였다.

"한 가지 물어볼 게 있어요."

"물어보시오."

장권호가 답하자 추소령이 물었다.

"장 소협은 강한 사람인가요?"

그 말에 장권호는 살짝 미간을 찌푸렸다. 질문의 의도가 무엇인지 파악되지 않았기 때문이다. 장권호는 고개를 돌려 추소령을 쳐다보았다.

"강한 사람이라고 물었소?"

"그래요."

추소령이 고개를 끄덕이자 장권호는 가만히 미소를 보이다 이내 고개를 끄덕였다.

"그렇소."

그 말에 추소령은 눈을 동그랗게 떴다. 조금 우스운 질문에 장권호는 진지하게 답했기 때문이다. 무엇보다 아무렇지도 않게 그렇다고 답하는 그의 모습이 너무 잘 어울렸다.

장권호는 곧 느린 걸음으로 다시 걷기 시작했다. 그 모습을 잠시 바라본 추소령은 얼른 옆에 섰다.

"생각을 해보니, 누군가와 이렇게 달이 뜬 밤에 길을 걸어 보기는 처음인 거 같네요."

"나도 처음이오."

장권호도 이렇게 밝은 달밤에 아름다운 여인을 옆에 두고 걷기는 처음이었다. 곧 고개를 들어 하늘을 보았다.

이곳에서 보는 하늘도 장백산에서 바라본 하늘처럼 상당히 밝고 별이 많았다. 문득 이곳도 장백산과 같은 땅이란 생각이 들었다. 사매와 스승님의 얼굴이 떠올랐다. 그리고 이런 저런 과거의 기억들이 주마등처럼 머리를 스치고 지나쳤다.

추소령 역시 장권호처럼 고개를 들어 하늘을 보고 있었다. 그녀 역시 과거의 일들이 주마등처럼 머리를 스치고 지나쳤다. 즐겁고 기뻤던 일들이 하나씩 떠오르다 어느 순간 울부짖는 어머니의 얼굴이 떠오르자 고개를 숙였다.

"어서 가요. 더 늦기 전에."

추소령이 재촉하며 빨리 걷기 시작하자 장권호가 뒤따랐다. 그리고 어느새 내화원의 문 앞에 도착한 두 사람은 자연스럽게 갈라섰다.

"저는 이만 가볼게요."

"혼자 가도 괜찮겠소?"

"여긴 제 집이에요. 너무 걱정하지 않으셔도 돼요."

"사내가 아녀자를 혼자 걷게 두는 것은 어리석은 행동이라 들었소."

추소령의 말에 장권호가 고개를 저으며 앞장섰다. 그러자 추소령은 저도 모르게 웃음을 보였다. 그의 행동이 문득 귀엽게 보였기 때문이다.

"같이 제 방까지 가겠다는 건가요?"

"문 앞까지만 가겠소."

"길은 기억하시나요?"

"물론이오."

장권호가 대답하자 추소령은 싫지 않은 듯 고개를 끄덕였다.

"그럼 그렇게 하세요."

추소령의 대답에 장권호는 추소령의 옆에 섰다. 곧 둘은 또다시 어깨를 나란히 하고 길을 걸었다.

추소령은 좀 전과는 달리 장권호가 좀 작아 보인다고 생각되었다. 내화원의 문까지는 커 보인다고 생각했는데, 자신의 거처로 가는 길은 이상하게 좀 작아 보였다.

퐁!

호수의 수면이 작은 파문을 만들자 수면 아래에 있던 보름달이 흔들렸다.

퐁!

또 하나의 조약돌이 수면에 떨어지자 다시 작은 파문이 일며 선선한 바람이 불었다. 바람은 마치 파도를 만들듯 수면을 스치며 뭍으로 향했다. 그곳에 호수에 비친 장권호와 추소령의 모습이 있었다.

중앙에 달이 떠 있는 호수를 바라보는 추소령은 손에 작은 돌 하나를 쥐었다. 그 옆에 장권호가 서서 주변 풍광을 둘러보고 있었다. 마음이 평온해지는 곳이었다.

퐁!

돌이 다시 호수에 빠지자 역시 보름달이 흔들렸다.

"어릴 때 달이 뜨는 밤에는 혼자 이곳에 와 달을 떨어뜨리려 했어요. 저기 보이는 달을 돌로 맞히면 꼭 떨어질 것 같았거든요."

"훗!"

장권호는 그 말에 미소 지었다. 누구나 어릴 적에는 한 번쯤 해봤을 만한 일이기 때문이다.

"장 소협은 그런 거 없었어요? 달을 따고 싶다든가, 별을 가지고 싶다든가…… 뭐 이런 거?"

그녀의 물음에 장권호는 턱을 괴며 생각하다 말했다.

"호랑이를 잡고 싶었소."

"풋!"

추소령은 그의 말에 저도 웃음을 보였다. 그러자 장권호는 진지한 표정으로 다시 말했다.

"호랑이를 잡으려고 삼 일 밤낮 동안 뜬눈으로 산속을 헤매고 다녔다오……. 물론 호랑이를 만나지는 못했지만……. 그때 만났다면 지금 이렇게 서 있지도 못했을 것이오."

장권호의 말에 추소령은 미소를 지었다.

"장 소협의 말을 들으니 재미있네요."

"나는 진지한 편인데……. 그래도 재미있다니 다행이오."
장권호의 말에 추소령은 다시 한 번 옅은 미소를 보였다. 그리곤 다시 걸음을 옮기며 말했다.
"솔직히 말하면 좀 재미없는 사람이죠, 장 소협은……. 거기다 없어 보이기까지 하고. 풋!"
추소령은 다시 한 번 웃었다. 장권호는 그 말에 절로 미소를 입가에 걸었다. 그렇게 다시 걷다 보니 어느새 추소령이 지내는 이화원 앞에 도착하였다. 문 앞에 선 추소령과 장권호는 가볍게 인사를 나누었다.
"오늘 고마웠어요."
"편히 쉬시오."
장권호는 말을 한 후 들어가는 추소령을 보다가 곧 내화원으로 걸음을 옮겼다. 한참을 걷던 장권호는 좀 전에 추소령과 잠시 멈춰 서서 바라본 호숫가를 지나자 걸음을 멈추고 가만히 호수를 바라보았다.
달이 중간에서 조금 옆으로 이동한 것을 본 장권호는 손에 작은 돌을 하나 쥐었다. 그리곤 연못 속에 던지며 말했다.
"나를 따라오는 이유가 뭔가?"
퐁!
작은 돌이 연못에 빠지며 수면 위로 파문을 그렸다.
장권호는 작은 돌을 또 하나 손에 쥐었다. 그리곤 다시 말했다.

"살기(殺氣)를 감추는 게 좀 서툴군."

스륵!

장권호의 말이 끝나자 어둠 속에서 한 사람이 나타났다. 그는 장권호도 본 적이 있는 얼굴이었다.

"암습할 생각은 없소."

"그냥 따라만 다닌 건가?"

장권호가 묻자 감록은 굳은 표정으로 장권호를 노려보았다. 그 속에는 질투도 있었다.

"당신의 무공이 대단하다는 것은 이미 들어서 알고 있소. 더욱이 대사형이 손도 못 쓰고 당했다는 말에 많이 놀랐다오."

장권호는 감록의 말에 호숫가로 시선을 돌렸다. 감록이 다시 말했다.

"장백파에서 왔다고 들었소."

장권호는 고개를 끄덕였다.

스릉!

감록은 허리에서 검을 뽑아 들었다. 그 모습에 장권호의 표정이 굳어졌다.

"당신의 무공을 시험하고 싶을 뿐이오. 과연 내 사형이 그렇게 손도 못 쓰고 당할 정도인지 아닌지……."

감록이 강한 기도를 발산하며 투지를 보이자 장권호는 그가 진심임을 알았다. 장권호가 말했다.

"내가 싫어서 그런 것인가? 아니면 내가 추 소저와 함께 있었기 때문에 이러는 것인가?"

"시끄러."

감록은 순간 싸늘히 말했다. 추소령을 언급하자 지금까지와는 전혀 다른 태도를 보였다. 그는 차가운 살기를 보이며 말했다.

"나는 오늘 네놈을 죽여야 기분이 풀릴 것 같다. 그러지 않으면 잠을 못 자겠어."

장권호는 선선히 고개를 끄덕였다. 그러자 감록은 자세를 잡았다. 그의 자세가 추야장과 같았기에 장권호는 그가 확실히 추야장의 제자라고 생각했다.

"핫!"

기합성과 함께 감록의 신형이 섬전처럼 다가오더니 수십 개의 검 그림자가 허공에 난무했다. 마치 장권호를 집어삼킬 것 같은 모습이었다. 더욱이 연검이기 때문에 그 흔들림도 대단해 눈이 어지러울 정도였다.

장권호는 다가오는 수많은 검초들을 바라보다 오른팔을 늘어뜨린 채 검지만 튕겼다.

핏!

소성이 일어나자 수많던 검 그림자가 마치 눈 녹듯이 사라졌으며, 앞으로 나서던 모습 그대로 감록은 멈춰 섰다. 마치 석상이라도 된 것 같은 그 모습에 장권호는 그를 지나쳐 걸었다.

"쉬게나."

장권호는 살짝 감록의 어깨를 두드렸다. 그러자 감록은 마치 석상처럼 옆으로 쓰러졌다.

털썩!

톡!

감록이 바닥에 쓰러지자 이마에 박힌 작은 돌이 떨어졌다.

제9장

예상치 못한 방문

겨울이 되면 가장 하기 싫은 게 얼음물에 세수하는 것이었다. 이른 아침에 냇가에서 얼음을 깨고 세수하는 것만큼 고통스러운 게 없었다. 그건 고문이고 학대라고 생각했었다. 그런데 세수를 하고 나면 왠지 기분이 좋아지고 머릿속이 맑아지는 기분을 느꼈다. 그게 참 이상했다. 그리고 요즘…… 얼음물에 몸을 담그고 싶다는 생각이 든다.

물에 들어갈 때는 분명 춥고 고통이 따를 것이다. 하지만 일단 들어가면 마음이 평온해지고 머릿속이 맑아지는 기분을 느낄 게 분명하다.

그런데 우스운 건, 이런 생각은 여름에 특히 간절하다는 것이다.

"도대체 뭐하다가 이렇게 늦게 오는 거야? 기다리다 지쳤다."

내화원에 들어오니 양초랑이 침상에 누운 채 투덜거렸다.

"문주하고 식사 좀 하느라 늦었어."

장권호가 옷을 벗으며 말하자 양초랑은 곧 눈을 감으며 말했다.

"문주가 뭐래?"

"뭐가?"

"사형에 대해서 말이야."

"특별한 건 없더군……. 단지 이곳에서 편히 쉬다가 가라는군."

"편히? 허!"

양초랑은 그 말에 어이없다는 듯 눈을 부릅떴다. 그리곤 투덜거리며 말했다.

"잘도 편히 있겠다……. 나는 언제 살수가 내 목을 조를지 몰라 불안해 죽겠는데……. 웬만하면 일찍 가자고……. 복수고 나발이고 일단 살고 봐야지."

양초랑의 말에 장권호는 헛웃음을 보이다 침상에 누웠다.

"잘 자게."

"자네도."

둘은 곧 불을 끄고 잠을 청했다.

"허어……!"

양초랑은 눈을 부릅뜨고 입을 크게 벌린 채 눈앞에 앉아 있는 추소령을 쳐다보았다. 지금까지 살면서 이렇게 빼어난 미모의 여인을 본 기억은 몇 없었다. 양초랑은 자신이 아직 꿈속에 있다고 여겼는지 스스로 볼을 꼬집었다.

"아……!"

아픈 것을 보니 분명히 꿈은 아니었다.

"추소령이에요. 오늘부터 식사는 저보고 챙기라는 아버님의 말씀에 온 것이에요."

"정말 반갑소이다. 나는 양초랑이오."

덥석!

양초랑이 마치 본능인 듯 급작스럽게 추소령의 손을 잡았다. 그러자 추소령은 순간 깜짝 놀랐다. 아무런 대비도 하지 않았는데 급작스럽게 손을 잡은 양초랑의 행동 때문이다. 순간 그녀의 눈동자에 살기가 어렸고 번개처럼 양초랑의 손에서 자신의 손을 빼냈다. 그리고 젓가락을 들고 양초랑의 목을 찔렀다.

"헉!"

휙!

양초랑은 황급히 뒤로 몸을 날려 피한 후 긴 한숨을 내쉬었다.

"아녀자의 손을 함부로 잡는 게 아니에요."

"실례했소이다. 이거, 정말 큰 실수를 했구려……. 그렇다고 죽이려 들지는 마시오. 휴……."

양초랑은 자신의 목에 구멍이 안 났는지 확인하려는 듯 만졌다. 그 모습에 추소령은 어이없다는 듯 헛웃음을 보였다.

"웃는 모습도 아름답구려."

그 말에 추소령은 여전히 미소 지은 얼굴로 직접 만든 포자를 식탁 위에 올려놓으며 말했다.

"얼굴도 잘생기고 강호에 명성도 높은 쌍환도가 이렇게 가벼운 분이라니, 좀 실망이네요."

추소령의 말에 양초랑이 정색했다.

"이거, 실례했소이다. 다음부터는 조심하겠소."

그의 말에 추소령은 고개를 끄덕였다. 그녀는 곧 시선을 돌려 장권호를 찾았다.

"그런데 장 소협은 어디에 있나요?"

"뒤쪽 우물가에 있소."

양초랑의 말에 추소령은 고개를 끄덕였다. 그 순간 양초랑의 손이 김이 피어오르는 포자를 향해 번개처럼 뻗어나갔다.

팍!

추소령의 손에 들린 젓가락이 양초랑의 손목을 여지없이 잡았다. 날카로운 추소령의 시선에 양초랑은 안색을 바꾸며 슬며시 손을 뺐다.

"기다리세요."

"험! 험! 배가 너무 고파서 그랬소……. 이해하시오."

그의 행동에 추소령은 다시 웃었다. 명성과는 상당히 다른 인물이란 생각을 했다.

슥!

"헉!"

양초랑은 다시 한 번 포자를 잡으려 손을 움직이다 자신의 목을 겨누는 날카로운 은빛에 놀라 시선을 들었다. 그곳에 추소령의 호위이자 시비를 겸하고 있는 임정루가 싸늘한 눈동자로 양초랑을 노려보고 있었다.

"이건……."

양초랑이 검을 손으로 살짝 밀며 말하자 임정루가 말했다.

"일어서세요."

임정루가 검에 힘을 주자 양초랑은 어쩔 수 없이 일어섰다. 그러자 임정루가 다시 말했다.

"천천히 몸을 돌려 밖으로 걸어가세요."

임정루의 말에 양초랑은 안색을 바꾸며 미간을 찌푸렸다.

"설마…… 나를 보내려는 건……?"

그 말에 임정루가 검을 거두며 말했다.

"양 소협은 저하고 같이 먹어야 해요. 무슨 뜻인지 알지요?"

임정루의 말에 양초랑은 고개를 미미하게 끄덕였다. 곧 양초랑은 어쩔 수 없이 임정루와 함께 밖으로 나가야 했다.

그녀가 장권호에 대해 물어볼 때부터 눈치는 채고 있었다. 아무런 이유도 없이 귀문주의 딸이 내화원에 나타났을 리 없었기 때문이다.

머리를 묶은 뒤 방 안으로 들어온 장권호는 식탁 앞에 앉아 있는 추소령을 발견하고 조금 놀란 표정을 보였다. 설마 그녀가 어제 추야장이 시킨 대로 식사를 챙겨줄 거라고는 생각지 못하였다.

"잘 잤어요?"

"물론이오. 추 소저는?"

"덕분에 잘 잤어요."

추소령이 밝게 미소를 보였다. 장권호는 자리에 앉으며 말했다.

"정말 이렇게 매일 챙겨주는 것이오?"

"어쩔 수 없잖아요. 아버님의 명을 거역할 수는 없어요."

문득 그녀는 추야장의 눈 밖에 나버린 자신의 어머니를 떠올렸다. 그러다 생각을 떨쳐버리고 장권호에게 말했다.

"제가 만든 건데 드셔보세요. 아직 할 줄 아는 거라고는 이 정도뿐이네요."

"포자는 모든 음식의 기본이라 들었소."

장권호는 말을 하며 포자를 하나 들고 베어먹었다. 몇 번 씹던 그는 고개를 끄덕였다.

"맛있소."

장권호의 말에 추소령은 만족한 표정을 보였다.

"다행이네요. 조금 불안했거든요."

그녀는 솔직한 심정을 말했다. 그런 후 궁금한 표정으로 물었다.

"그런데 듣자 하니 장 소협이 후 사형을 눕힌 분이시라면서요?"

"후 사형?"

장권호가 누구인지 모른다는 표정으로 고개를 들자 추소령이 다시 말했다.

"철마대의 대주인데 아버님의 대제자예요. 후위라고 해요. 이야기를 들어보니 얼마 전 장 소협을 잡기 위해 나갔다가 당했다고 하네요."

"누구인지 잘 모르겠소."

장권호가 정말 모르겠다는 표정으로 답하자 추소령이 답답한 듯 말했다.

"공 숙부와 함께 본 문에 오셨지요?"

"그렇소."

"공 숙부를 만나기 전에 어떤 사람들과 싸우지 않았나요?"

"아……."

장권호는 그제야 기억난다는 표정으로 고개를 끄덕였다.

"미안하오……. 이름을 듣지 못했기 때문에 누구를 말하는지 정말 몰랐소이다."

장권호의 말에 추소령은 표정을 풀며 말했다.

"정말 몰랐던 모양이네요. 그 중에 한 명이 후 사형이에요. 제가 아는 후 사형은 남에게 그렇게 쉽게 패할 사람이 아니에요. 물론 철마대 역시 마찬가지구요."

"꽤 힘들었소."

장권호는 그 당시의 일을 떠올리며 솔직하게 답했다. 철마대의 대원들이 자만하지 않았다면 시간이 좀 더 걸렸을 것이다.

"정말…… 힘들었어요?"

장권호가 아무렇지도 않은 표정으로 답하자 의심스럽다는 듯 추소령이 물었다. 장권호는 추소령의 시선이 부담스러워 정원 쪽을 바라보았다.

"물론이오……. 그들이 방심하지 않았다면 결과는 달라졌을 것이오."

장권호의 말에 추소령은 고개를 끄덕였다. 하지만 장권호가 자신의 상상 이상으로 대단한 고수라는 생각을 하였다. 문득 어젯밤 그가 스스로 강한 사람이라고 인정하던 모습이 떠올랐다.

그 모습이 떠오르자 추소령의 심장이 본인 스스로도 놀랄 정도로 크게 뛰었다. 추소령은 서둘러서 짐을 챙겼다.

"아…… 아무튼 저는 이만 가볼게요."

"벌써 가시오? 아직 남았는데?"

장권호가 바라보자 추소령은 그의 시선을 피하며 대답했다.

"볼일이 있어서 그래요."

추소령은 곧 짐을 다 챙기자 자리에서 일어섰다.

"가볼게요. 아! 정오에 송림으로 오세요. 저는 그곳에서 수련을 하거든요."

"알겠소."

추소령의 말에 장권호가 답했다. 추소령은 곧 빠른 걸음으로 내화원을 빠져나갔다.

"너무 잘해줘서 오히려 이상한 것 같아."

양초랑이 창가에 앉으며 조용히 말했다. 장권호는 그 말에 별반 반응을 보이지 않았다. 그러자 양초랑은 조금 경직된 표정으로 말했다.

"솔직히 복수심에 불타올라 이곳까지 왔는데…… 막상 이곳에 와서 사람들을 만나고 조금 지내다보니 마음이 약해지는 것 같아……."

"그래?"

장권호가 쳐다보자 양초랑은 말없이 고개만 끄덕였다. 양초랑은 곧 한숨을 내쉬며 말했다.

"일단 여길 떠날까 하는데, 같이 가겠나?"

"풍운회로?"
"내가 갈 데가 거기밖에 없잖아……. 후후."
양초랑은 중얼거리며 웃었다. 조금 힘이 빠진 목소리였고 평소와 달리 기운이 없어 보였다.
"맥이 빠진 기분이야……. 결국 나 혼자보다는 풍운회에 있으면서 조금씩 내 자리를 찾아볼 생각이야."
"그렇게 생각했다면 말릴 수는 없겠군."
"자네도 되도록 빨리 떠나는 게 좋을 것 같아. 아무리 잘해준다 해도 여긴 귀문이거든."
양초랑이 웃음을 보이자 장권호도 미소를 보였다. 이미 확고하게 결심한 듯 보였기에 양초랑의 결정에 반대할 생각도 없었다. 이미 자신에게 떠난다고 말한 이상 그는 떠날 사람이었다.
"여길 나오면 풍운회에 꼭 들러. 그동안 나는 풍운회에서 무적명과 네 사형에 대해 조사를 해볼 테니."
"정말인가?"
"물론이지. 네가 풍운회에 오면 그동안 알아낸 것을 알려줄 테니 기대하라고."
"조심해야 하네."
"걱정 마."
양초랑의 대답에 장권호는 고개를 끄덕였다. 장권호가 물었다.

"언제 떠날 건가?"

"말이 나왔으니 지금 가야지. 되도록 빨리 풍운회에 복귀를 해야겠어……. 다행히 이곳 놈들은 내가 풍운회에 몸담았다는 것을 아직 모르니까 잡지는 않을 거야."

"몸조심하게."

장권호가 걱정된다는 표정으로 말하자 양초랑은 미소를 보였다.

"자네도."

양초랑은 곧 짐을 들고 밖으로 나갔다. 그가 나가는 모습을 지켜보던 장권호는 해가 중천에 떠오른 것을 보고 천천히 송림으로 움직였다.

송림에 도착하자 한쪽 공터에 서 있는 추소령을 발견할 수가 있었다. 그녀는 다가오는 장권호를 발견하자 검을 손에 쥐고는 다가갔다.

"오셨네요."

"추 소저가 보자고 하는데 안 올 수가 있겠소?"

장권호의 말에 추소령은 밝은 미소를 보이며 말했다.

"그래도 안 올 줄 알았어요. 식사를 하는 것도 아니고, 그렇다고 함께 다과를 나누는 것도 아니잖아요. 여긴 보다시피 운치 있는 곳도 아니에요."

그녀의 말에 장권호는 담담한 표정으로 말했다.

"수련하는 장소에 부른 것은 비무를 하자는 뜻이 아니었소? 나는 그렇게 알아듣고 온 것이오."

"비무 요청으로 들었군요?"

"그렇소."

장권호가 대답하자 추소령은 살짝 아미를 찌푸렸다. 하지만 나쁘지는 않았다. 장권호는 후위조차 가볍게 이길 정도의 실력자였기 때문이다. 고수와 비무를 하는 기회는 쉽게 오는 게 아니었다.

"기분이 좋네요. 장 소협 같은 고수와 대련을 할 수 있다니 말이에요. 많은 가르침 부탁드릴게요."

"오히려 내가 부탁하고 싶은 말이오."

장권호는 겸손하게 말한 후 옆에 널브러져 있는 검들 중 하나를 들었다.

"시작합시다."

추소령은 그 말에 고개를 끄덕였다. 그녀는 곧 추야장과 같은 자세를 취하며 장권호를 향해 다가갔다.

'이자라면…… 지금 내 수준이 어느 정도인지 판단할 수 있으리라.'

추소령은 마음속으로 생각하며 전력을 다하기로 했다.

피핏!

순간적으로 피어난 빛에 장권호의 안색이 변했다. 추소령의 모습이 사라짐과 동시에 수많은 실선들이 피어났기 때문이다. 극도의 쾌검이었다. 이만하면 어제 추야장이 보인 수준에 거의 근접한 듯 보였다.

따다당!

십여 걸음이나 뒤로 물러나며 날아드는 검기를 막아내는 장권호는 처음에는 당황했으나 곧 안정을 찾았다. 그리곤 비신검법을 펼치는 추소령의 움직임을 놓치지 않고 눈에 담으려 했다.

핏!

한순간 점이 되어 사라진 추소령이 어느새 장권호를 지나쳤다. 추소령은 검에 느낌이 있자 눈을 반짝였다. 순간 '퍽!' 소리를 내며 장권호의 잔상이 사라졌다. 추소령은 안색을 굳히고 고개를 돌려 삼 장 거리에 서 있는 장권호를 바라보았다. 그리고 그의 허리에 생긴 검흔을 보며 말했다.

"다친 건가요?"

"아니오. 옷이 잘렸을 뿐이오."

"다행이네요. 그런데 왜 자꾸 피하기만 하시죠? 공격을 하셔야 저도 실력이 늘어요."

"너무 빨라 공격할 틈이 없소이다."

장권호가 솔직히 말하자 추소령은 눈을 빛냈다.

"그런 거짓말에는 안 속아요. 피하기만 할 거라면 언제까지 피할 수 있는지 한번 확인하겠어요."

슥!

추소령의 신형이 유령처럼 장권호의 눈앞에 나타나더니 십여 개의 실선들이 가지런하게 날아들었다. 장권호는 하나하나 눈에 담으며 몸을 움직였는데, 그 모습이 마치 비단천이 바람에 날리는 것 같았다.

쉬쉭!

좌우로 몸을 흔들어 두 가닥의 검기를 피한 장권호는 뒤로 삼 보 물러섰다. 그 순간, 두 개의 검빛이 땅에 박혔다.

추소령의 눈은 장권호를 향하고 있었으며, 그녀의 검은 땅에 박힌 상태에서 비룡승천(飛龍昇天)의 초식을 따라 위로 솟구치며 장권호의 사타구니를 노렸다.

팍!

검이 공기를 가르는 소리를 낸 것과 동시에 장권호의 신형이 좌우로 분리되어 사라지더니 어느새 삼 장 뒤에 모습을 보였다. 허깨비 같은 그 모습에 추소령은 매우 놀랐다. 그리고 그의 움직임을 아직도 자신이 따라가지 못한다고 느끼자 왠지 스스로에게 화가 났다.

그녀의 검법이 크고 거칠게 움직이기 시작했다. 그러자 장권호가 검을 들었다.

땅!

"……!"

한 발 앞으로 나서며 장권호의 머리를 좌우에서 잘라가던 추소령의 동작이 소리가 난 순간 멈추었다. 검과 검이 부딪

혔을 뿐인데 추소령은 손이 터질 것 같은 고통을 느꼈다.
"크윽!"
그녀는 절로 인상을 찌푸리며 뒤로 물러나 왼손으로 오른손을 움켜쥐었다. 그리곤 싸늘한 표정으로 장권호를 노려보았다. 고통을 느끼면 누구나 고통을 준 사람에게 추소령과 같은 표정을 보일 것이다. 추소령은 재차 빠르게 움직였고, 장권호의 검이 그런 추소령의 검을 막아갔다.

*　　*　　*

귀문에서 내어준 말을 타고 달리자 금세 백여 리를 이동할 수 있었다. 양초랑은 말에서 내려 잠시 풀밭에 앉았다. 말은 그늘 아래에서 풀을 뜯으며 휴식을 취했다.
양초랑은 팔베개를 하고 누워 나뭇잎에 가려진 하늘을 쳐다보았다. 문득 장권호를 혼자 두고 나온 게 후회가 되었다. 아무리 생각해도 혼자 두면 안 될 것 같았다. 더욱이 장권호는 자신이 혼자 귀문에 간다고 했을 때 흔쾌히 동행해준 소중한 친구였다.
"다시 가봐……?"
양초랑은 중얼거리다 이내 고개를 저었다.
"지금 가봤자 괜히 뻘쭘해지기나 하지……."
양초랑은 떠난다고 말해놓고 다시 돌아가기 조금 창피했

다. 그때, 나뭇잎 사이에서 무언가 떨어지는 것이 보였다. 순간 양초랑은 눈을 부릅뜨며 번개처럼 우측으로 굴러 일어섰다.

퍼퍽!

양초랑은 자신이 누워 있던 곳에 두 개의 비도가 박히자 쌍도를 뽑아 들었다. 그때, '서걱!' 하는 소리가 들리고 말의 머리가 잘려 떨어지는 모습이 보였다. 문제는 상대가 안 보인다는 점이었다.

쉬쉭!

바람을 가르는 쇳소리가 우측에서 들리자 양초랑은 재빠르게 우측으로 몸을 돌리며 상대를 확인했다. 온통 검은 옷을 걸친 인물이 다가오는 것이 보이자 양초랑의 도가 재빠르게 허공을 갈랐다.

쉬쉬쉭!

십여 개의 도영이 삽시간에 양초랑의 앞을 가득 메웠다. 그 앞에서 다가오던 복면인이 접근을 멈추고 검을 들어 도영을 막았다.

따다당!

요란한 금속음이 울리고 불꽃이 튀었다. 양초랑은 한 발 나서며 우도와 좌도로 복면인의 목과 허리를 동시에 베어갔다. 하지만 복면인은 움직이지도 않았고 피할 생각도 없어 보였다. 마치 목을 내어주겠다는 듯 가만히 서 있었다.

"미친!"

그 순간 양초랑의 머릿속에 무언가 잘못되었다는 생각이 들었다. 그때, 땅속에서 두 개의 손이 튀어나오더니 양초랑의 발을 잡았다.

"헉!"

양초랑의 신형이 순간적으로 멈춰졌다. 그 순간, 눈앞에 있던 복면인의 검이 복부를 찔러왔다. 양초랑은 땅속에서 튀어나온 손을 쌍도로 베었다.

파팟!

두 개의 손이 잘리고 피가 튀어 오르는 것을 확인한 양초랑은 복부에 닿은 검을 바라보며 오른손을 위로 올렸다.

팟!

우도가 복면인의 턱을 지나 위로 솟구쳤다. 동시에 그 자리에 주저앉으며 좌도로 땅을 찔렀다.

퍽!

땅에 손잡이만 남기고 깊이 들어간 좌도를 뽑아 올린 양초랑은 도신에 묻은 붉은 혈흔을 확인하고 뒤로 물러나 주저앉았다.

털썩!

그때서야 턱을 베인 복면인이 바닥에 쓰러졌다.

"허억! 허억!"

양초랑은 복부를 움켜잡으며 숨을 거칠게 몰아쉬었다. 그는 곧바로 상의를 벗어 복부를 감쌌다. 불행 중 다행이라면 검이 한 치 정도만 들어왔다는 점이다. 조금만 늦었어도 꼬치가 될 뻔했다.

"무서운 새끼들……. 도대체 어떤 놈들이지?"

양초랑은 중얼거리며 땀을 닦았다. 가슴이 터질 듯 뛰었으며 온몸은 땀에 젖은 상태였다.

수많은 생각들이 머릿속을 헤집었고 이들의 목적이 자신이라는 점이 상당히 신경 쓰였다. 자신은 누구에게 원한을 쌓을 만큼 악한 일을 한 적도 없었다. 그런데 이들은 살수가 분명했고, 아마도 누군가에게 고용된 것이라 여겼다.

'최악의 경우…… 귀문이겠지…….'

양초랑은 가장 생각하기 싫은 경우를 떠올리며 주변을 살폈다.

"후욱! 후욱!"

크게 호흡을 몇 번 하던 양초랑은 곧 자리에서 일어나 빠르게 이동하였다. 최대한 빨리 섬서성을 벗어나거나 화산으로 가는 게 살길이라 생각했다. 천 리가 넘는 길을 이동해야 하는데 이들로 끝이라고는 확신할 수 없기에 서둘러 움직여야 했다.

* * *

해가 지자 추소령과 저녁 식사를 마치고 방으로 돌아온 장권호는 서재에 꽂혀 있는 많은 책들에 시선을 던졌다.

평소 책을 읽지는 않지만 이곳에 장검명이 머물렀다고 하니 사형이 읽었을지도 모른다는 생각이 문득 들었다.

장권호는 별생각 없이 서재에 꽂혀 있는 책들을 하나씩 살피며 대충 읽어나갔다.

십여 권을 대충 훑어본 장권호는 다 살핀 책은 옆에 놓고 곧바로 다른 책을 꺼내 읽어갔다. 책을 그렇게 좋아하는 성격이 아니기 때문에 대충 넘기다 흥미 있는 부분만 자세히 읽었다. 어차피 시간은 많고 할 일도 없었다.

이곳에 있는 동안 편안한 마음으로 생각을 정리할 계획이었다. 어느 정도 계획이 잡히면 다시 움직이기로 마음먹었다. 그렇기 때문에 서책에 흥미를 가지게 되었다. 시간을 보내기에는 서책만큼 훌륭한 것도 없었다.

몇 권 더 살펴보던 장권호는 문득 책장을 넘기던 손을 멈추었다. 그는 곧 졸린 표정으로 책을 내려놓고는 호롱불을 껐다. 그리곤 어둠 속에서 방으로 돌아가 침상에 앉았다.

방문은 열려 있었고, 문밖으로 서재까지도 모두 장권호의 눈에 들어왔다. 그런 장권호의 눈이 천장을 응시했다. 그곳에 긴 흑발을 아무렇게나 늘어뜨린 백색 가면의 여인이 마치 거미처럼 붙어 있었다.

가면 너머의 눈과 장권호의 시선이 마주쳤다. 장권호는 굳은 표정으로 서영아를 올려다보며 말했다.

"놀랍군……. 내가 뒤늦게 알아차릴 정도라니……."

"몰랐던 모양이군요. 장 소협이 이곳에 들어오는 순간부터 저는 함께 있었어요."

"……!"

장권호의 눈동자에 살심이 일어났다. 그러자 서영아가 그 살기를 읽고 말했다.

"추소령과는 정말 잘 지내는 것 같더군요. 부러울 정도로……."

"계속 있었나?"

"물론이에요."

휘리릭!

서영아는 바닥에 떨어져 내려 의자에 앉았다. 장권호는 그런 서영아를 바라보며 주먹을 쥐었다. 그러자 서영아가 말했다.

"화내지 마세요. 일부러 그런 것은 아니니까……. 저는 이미 십 일 전부터 이곳에 있었어요. 내화원은 본래 손님을 받는 곳이 아니기 때문에 일부러 이곳에 머물렀는데 장 소협이 온 것이에요."

"그랬군."

장권호는 서영아의 은밀함에 상당히 놀라고 있었다. 이곳에 있는 동안 서영아의 존재를 눈치 못 챘기 때문이다. 오늘도 머리카락이 흘러내리는 이질적인 소리를 듣고 나서야 알았다.

"이곳에 왜 있는 것이지?"

"당연히 원한 때문이죠."

"귀문에서는 모두 서 소저를 찾기 위해 난리인데 정작 귀문 안에 있었다니……. 놀라워……."

"본래 등잔 밑이 어두운 법이죠. 거기다 저는 귀문에 대해 모르는 게 없어요. 심지어 토끼들이 파놓은 굴조차 알고 있으니까."

서영아는 눈을 반짝였다. 그리곤 다시 말했다.

"조심하세요……. 여긴 귀문이에요. 귀문(鬼門)……."

"좋은 사람들이던데."

"호호……. 며칠 함께 지내더니 착각을 하시는 것 같군요."

"착각?"

장권호가 그 말에 인상을 찌푸리자 서영아가 말했다.

"이곳에 좋은 사람은 없어요. 그 추가 년도…… 제 얼굴에 상처를 내고 깔깔거리며 웃던 계집이니까요. 겉모습에 속지 마세요. 특히…… 여자를 상대할 때는 더더욱……."

"……!"

장권호는 서영아의 말에 매우 놀란 표정을 보였다. 그러자 서영아가 다시 말했다.

"귀문주 역시 조심해야 할 상대예요. 언제 당신을 죽일지 몰라요……. 아니…… 벌써 중독되었을지도……."

서영아의 말에 장권호는 슬쩍 내력을 올렸다. 하지만 아무런 이상이 없자 서영아에게 강한 기도를 발산하였다. 장권호가 물었다.

"장학을 죽였다고 들었다. 사실인가?"

"잘 모르겠군요……. 허나 장 소협의 동료를 한 명 죽인 것은 맞아요."

장권호가 자리에서 일어섰다. 순간 허공을 격하고 강력한 파장이 서영아를 덮쳤다. 그러자 서영아의 신형이 흐릿하게 변하더니 잠시 후 서재의 벽에 기댄 모습으로 나타났다.

"저를 탓하지 마세요. 저는 그 당시 절실했으니까요. 허나 장 소협도 동료를 죽인 사람이에요."

"무슨 말이지?"

서영아가 장권호의 물음에 눈을 반짝이며 말했다.

"왜 양 소협 혼자 가게 두었나요?"

장권호의 표정이 굳어지자 서영아가 다시 말했다.

"여긴 귀문이에요……. 양초랑은 곧 죽을 거예요."

"무슨 근거로 하는 말이지?"

"양 소협이 이곳을 나간 순간 공손의가 뒤따라갔어요. 물론 은밀하게……. 무슨 뜻일까요?"

장권호가 그 말에 매우 놀란 표정을 보였다. 공손의는 자신을 이곳으로 데려온 사람이었고, 상당히 인정이 많은 인물로 보였기 때문이다. 그가 자신을 선배라 불러주는 양초랑을 죽일 것이란 생각을 도저히 떠올릴 수 없었다.

"믿을 수가 없군……."

"마음대로 생각하세요. 어차피 나와는 상관없으니……. 단지 당신에게 경고를 해주고 싶었어요."

스륵!

서영아의 신형이 순식간에 사라지자 장권호는 조금 어이없으면서도 화가 나는 것을 느꼈다. 또한 서영아의 말이 거짓인지 진실인지 파악할 수는 없으나 양초랑의 생사가 궁금해졌다.

* * *

파팟!

두 개의 검을 피한 양초랑은 빠르게 회전하며 두 사람의 허리를 베었다.

퍼퍽!

둔탁한 소리가 난 직후 검은 복면인 둘이 힘없이 땅에 쓰러졌다. 양초랑은 복부의 상처를 만지며 비틀거렸다.

"잠도 못 자게 하는 더러운 새끼들……."

양초랑은 반쯤 감긴 눈으로 앞을 향해 나아가고 있었다. 벌써 오 일 동안 잠도 한숨 못 자고 화산으로 향하는 중이었다.

핏!

양초랑은 귓가에 들리는 소리에 본능적으로 허리를 숙이며 도를 들었다.

땅!

도면에 부딪히고 튕겨나간 대침이 옆에 있는 나무에 꽂혔다. 양초랑은 대침이 날아온 방향을 슬쩍 바라보다 인상을 찌푸렸다. 낯이 익은 얼굴이 앞에 서 있었기 때문이다.

"공 선배 아니시오?"

"훗!"

공손의는 양초랑의 말에 비웃음을 입가에 걸었다. 그리곤 침 두 개를 손에 쥐었다.

"상당히 지쳐 보이는군."

"잠을 못 자서 졸려 죽을 것 같소."

양초랑의 말에 공손의가 희미하게 웃었다.

"그럼 편히 자야지."

쉬쉭!

두 개의 비침이 각각 양초랑의 미간과 명치를 향해 번개처럼 날았다. 양초랑은 비틀거리며 우측으로 피했다. 그러다 땅을 차며 수면 위를 나는 제비처럼 낮은 자세로 공손의의 하체를 잘라갔다. 하지만 이미 지칠 대로 지친 양초랑의 저항은 힘을 발휘하지 못했다.

공손의는 가볍게 피한 후 양초랑의 등으로 다시 침을 날렸다. 양초랑은 자리에서 일어서며 쌍도로 원을 그렸다.

땅!

도날로 침을 튕겨낸 양초랑은 싸늘한 표정으로 공손의를 노려보았다.

"설마 공 선배가 나를 죽이러 올 줄은 몰랐소……. 그럼 지금까지 나를 공격한 놈들은 모두 귀문의 문도들이겠구려?"

"당연한 것 아닌가? 설마…… 우리가 자네를 그냥 보내줄 거라 생각했나?"

"후후……. 공 선배는 그냥 보내줄 거라 여겼소."

"공 선배라는 말, 참 듣기 좋더군. 허나 그뿐이야."

공손의가 말을 마치며 세 개의 비침을 날렸다. 양초랑은 번개처럼 빠르게 땅을 차며 허공으로 피했다. 그 순간 거대한 빛이 공손의의 손에서 번뜩였다.

퍽!

"크악!"

양초랑은 무릎에 큰 대침이 박히자 자신도 모르게 고통을 호소하며 바닥에 주저앉았다. 그러자 공손의가 천천히 앉아 있는 양초랑에게 다가갔다.

"처음 만났을 때부터 내가 받은 명령은 자네와 장권호를 죽이라는 것이었네."

"후후……. 그랬었군."

"장권호가 장백파의 제자만 아니었다면 그때 둘 다 죽였겠지……. 다행히 임무의 절반은 성공한 셈인가?"

공손의는 미소를 보이며 대침 하나를 꺼내 손에 쥐었다.

"정수리에 박아줄 테니 안심하게나. 후후."

공손의는 말을 마치자 양초랑의 오른 어깨에 대침 하나를 박았다.

"컥!"

양초랑은 고통을 호소하며 비틀거렸다. 정수리라는 말에 머리를 피할 생각만 했지 어깨를 신경 쓰지는 못하였다. 엄청난 고통이 양초랑의 등줄기를 타고 올라왔다.

그 모습에 공손의가 고개를 저으며 말했다.

"이런, 내가 실수를 한 모양이야……. 정수리에 꽂아준다는 걸 깜빡하였네……. 어차피 죽는 것은 마찬가지니 그만 용서하게나."

"빌어먹을……."

슥!

공손의는 다른 대침 하나를 손에 쥐고 양초랑의 앞으로 다가가 말했다.

"비록 잠깐이었지만 자네와의 시간은 즐거웠네. 유언은 있나?"

"후후……. 그냥 죽여."

양초랑의 말에 공손의는 비릿한 살기를 입에 걸고 대침을 들어 정확하게 양초랑의 백회혈을 노렸다.

핑!

순간, 날카로운 소성이 들린 것과 동시에 비침 하나가 공손의의 눈앞에 날아들었다. 공손의의 신형이 번개처럼 회전했다.

파팟!

두 개의 비침이 그의 옷자락을 뚫고 지나쳤다.

바닥에 내려선 공손의는 날카로운 눈으로 재빠르게 주변을 살폈다. 상대를 찾아야 했기 때문이다. 그 순간, 그의 머리 위에서 바람 소리가 들렸다.

쉬아악!

고개를 든 공손의는 맹렬히 회전하는 수십 개의 검기 다발에 매우 놀라 뒤로 물러섰다.

쾅!

강렬한 폭음을 일으키며 흙먼지와 돌덩이가 사방으로 날아다녔다. 공손의는 소매로 코와 입을 가리며 먼지구름 너머의 상대를 찾으려 했다. 하지만 이미 상대의 인기척은 없었다.

"이런……!"

공손의는 자신이 당했다는 것을 깨달았다. 그리고 먼지구름이 사라진 뒤 자신의 예상대로 양초랑의 모습도 감쪽같이 사라지고 없자 절로 어깨를 떨었다.

좀 전의 한 수는 땅을 때려 시야를 흐리는 수작이었다. 공손의는 굳은 표정으로 천천히 상대의 흔적을 따라 이동하기 시작했다.

'이 기회에 양초랑을 죽이지 못하면 훗날 본 문에 방해가 될 놈으로 성장할 게야……. 그 전에 싹을 잘라야 해……. 싹을!'

공손의는 이를 갈며 마음을 다잡았다. 그리고 아직 양초랑을 완전히 놓친 것도 아니었다.

『무적명』 3권에서 계속

劍魔島
검·마·도
劍·魔·島
우각 신무협 장편소설
ORIENTAL FANTASYSTORY & ADVENTURE
『십전제』,『환영무인』,『파멸왕』의 작가!
우각 신무협 장편소설
『검(劍)·마(魔)·도(島)』
천일평의 지옥, 정마대전 이후 십 년.
음모로 빚어낸 거짓 평화에 종언을 고한다!

제왕록
무장편
『흑마법사 무림에 가다』의 베스트 작가!
박정수 판타지 장편소설
박정수 판타지 장편소설
FANTASYSTORY & ADVENTURE
삼만 년 동안 대륙의 일통을 꿈꾼 자는 많았다.
그러나 그 꿈을 이룬 자는 오직 한 명뿐!
신분의 굴레를 벗기 위해 전장으로 향하는 칼스.
그것이 기나긴 대륙 통일 전쟁의 시작이었다!
dream books
드림북스

BJ
백묘 판타지 장편소설
FANTASYSTORY & ADVENTURE
비제이
대상인의 동전에는 재물의 행운이,
농부의 쌀에는 풍농의 기운이 서려 있다!
백묘 판타지 장편소설 『비제이(B.J)』
리텐 제국의 신비로운 보물 트레저!
트레저의 봉인이 풀리는 순간, 세상은 혼란에 빠지다!